imaginist

想象另一种可能

理
想
国

imaginist

少女哪吒

NéZhā

绿妖

广西师范大学出版社
· 桂林 ·

疯狂天使的人间秘语

路内

每个人的经验之中，总有一些是秘语，是不被言说的。三年前，我在北京受邀做一档电台访谈，对面的人是绿妖。她的声线很好，非常适合做电台主持人，很不幸的是我也曾做过这行，坐在话筒前面戴上耳机我就会露出自己的播音腔，于是那档节目变得不太像是作家之间的交谈。录完之后，我们都很开心，她说自己也曾经做过电工，而且和我一样，是在一间配电室里，看着各种各样的电表，看它们循环。

当时我已经拜读过她的作品《硬蛹》和《少女哪吒》，这两篇小说给我留下的印象太深刻了，几乎就是我最喜欢的短篇范式，有一个人在讲述着什么，一些专属于她的细节和对话，轻盈而顽皮地推进着故事，其中密集的视觉体验犹若加注了神力，文本的背后则是一个发了疯的天使，凌驾于实在的世界。

小说集的出版是三年后了。宝城的故事，以及这个叫李小路的讲述者，有点像巴别尔的《骑兵军》，或者是海明威的《在我们的时代里》。一个作家执著地书写着某个年代、某个地方，像一艘冰海中的破冰船，用自己的方式在没有参照物的世界里前行，所经之处，看到一条轨迹，以及深邃的海洋。

三年前，在谈论这些往事的时候，绿妖保持着一种良好的心态，工人啊，小城青年啊，文艺范儿啊，这些标签并不起效。90年代已经过去了，属于她的青年时代也消失了，但据说那座县城还在，或者被她锻造在小说里了。在这个渐行渐远的过程中，不被言说的秘语终于形成了这样一部小说集。有时候我觉得她还是很愤懑，但在小说里，仿佛不是经历了时间的释然，而是在一开始就已经成为“他者”，远远地看着，看它们循环。那个曾经在场的人，既不曾满地打滚，也不曾傲然自赏。非常之好。

写序的时候，我问绿妖，你的真名叫什么。认识多年，我没有在任何资料上看到她的真名，也没有想起来要问这件事。很多作家笔名用久了，说起自己的真名，会觉得别扭。

她说其实是个很俗气的名字。

我说到底叫什么呢。

绿妖说，我叫王海燕啊。

无论如何，这两个名字都像咒语。在小说的河流中，一侧是绿妖，一侧是王海燕。这是我最深的感受。

2015年7月11日

目 录

硬蛹

1. 黄玲玲

那年我23岁，刚毕业，在一家电视台实习。另一个实习生叫黄玲玲，有人说，她很快就会是女主播。大概因为这个，组里的高唯经常找她麻烦，无形中，我的日子倒好过了一些。

其实怎么看，黄玲玲都不像主持人，我们台里的女主播，出来都化妆，衣服也鲜艳，跟制片人说话时异常娇媚，跟我们说话也都和颜悦色的。黄玲玲嘛，她穿的衣服都是黑白灰，好像成心要把自己遮住。她走路也是尽可能不引人注意，在室内，就沿着墙角走，在街上，就贴着街边走。这一点，高唯骂得很传神：鬼鬼祟祟，像个特务。如果抛开这一切，黄玲玲其实还挺好看，有争议的好看。比方我的男同事，他们就觉得她还没有高唯有女人味。

黄玲玲让我觉得美的是她的眼睛，平时，她总是视线朝下，偶尔才抬起来，有些吃惊似的。她的眼睛像深不可测的黑曜石，只有听到特别感兴趣的话题，黄玲玲的视线才会聚焦，你会发现她比一般女孩的眼神更坚决。那种冷静远远超出正常需要。

那是一个星期六，要播出的节目因为国庆晚会推迟一周。

我跟她一下没了事。我们工作的地方是宾馆的一个长包房，窗帘常年紧闭，白天也开灯，那种惨淡的电压不足的灯光，看久了让人感觉大脑也电压不足。我从宿舍拿来一盆仙人球，放在窗台上，撩开一角窗帘，它靠这一点点阳光就活了下来。

节目组的电脑上不了网，待在办公室是很闷的。但回到住处也很闷，我住在学校附近的一个平房，八十块钱一个月。房间里什么都没有，房东想给我一台彩电，可我从来不看电视。想想都可笑：一个从来不看电视的人，在做电视。

黄玲玲的手机响了。她等它响了半晌，才按掉，不情愿地用座机打回去。她声音很小，但能听出来她的 P 市口音，我太熟悉了。但她挂掉电话后，我什么也没说。在交朋友这件事上，我更像一个被动式：从小到大，都是别人主动跟我交朋友，主动跟我保持联系。所以，大学毕业后，我就没有朋友了。我跟黄玲玲，是两个被动式的相遇。

不知什么时候起，外面下起了雨。

“我要冲咖啡，你要吗？”黄玲玲忽然问我。她的声音是很好听的，不是高频尖细的那种，而是沉沉的中音，像白银一样。她拿出两包雀巢速溶咖啡走到饮水机边。中午她买咖啡时，我就在后面。从细节看，黄玲玲出身很好，她的衣服，仔细看，剪裁和质地都是上好的。但这时候的女孩子正是穿时尚的时候，黄玲玲的穿衣风格像一个历尽沧桑的女明星。付账时，她从钱包里抠出一枚枚分币，五毛、一毛、五分，一分。后面等付账的人排起了队。她结完账，一回身看见我，微微一愣，就走了。

“小心烫。”递给我咖啡时，她说了一句，顺势坐在我旁边的沙发上。我们一口一口地喝着烫嘴的咖啡，虽然是两个被动式，在内心无聊的巨大压迫下，也会试图组建一个句子。

“我有个习惯，如果钱包里有零钱，买东西时把它们全部花掉，心里会特别舒畅。”她说。

“哦。以前我有个同学，也有这习惯。有回她买一本书，用的全是五分五分的硬币。”其实被她提醒，我才发现我也有这种习惯。我们都是自己经历的奴隶。我忽然想起来：“你的名字跟她一样。”

“真的吗？”黄玲玲猛地抬起眼，晶莹深邃，让我觉得黄玲玲这三个字配不上她的眼睛，“我这名字，太大众了，从小到大点名，总有四五个重的。”她自嘲地笑笑，“你同学也是宝城人吗？”

我看看她。

“我看过你简历，我要给制片人推荐实习生。”她想想又说，“其实我也是宝城人，我在宝城出生，后来全家搬到P市，但爷爷奶奶都在宝城。所以偶尔还回去。”

“她不算宝城人吧。她是农村户口，宝城下面的。”外面的雨越下越大，整个天空变成黑色。“我们曾经非常要好，一起组社，学武术。”我苦笑着重复，“是呀，你没听错，我们结拜，她叫逍遥子，我叫小白龙。我们一块学武，梦想能成为武林高手，闯荡江湖。”

“后来呢？你们现在还有联系吗？她现在做什么？”黄玲玲听得入神，一连声地追问。

“后来她死了。”

黄玲玲的咖啡泼在她的裤子上，她低头看看，用纸巾慢慢擦拭，一边重复：“她死了。”

2. 校长

我跟另一个黄玲玲是在英才中学的同学。刚开始我挺讨厌她的，她是永远考第一的那种人，从来不出错。而且特别假，比如化学考试考完了，出来大家对书本，她叫得最大声：哎呀，我全答错了全答错了。脸色发白，拼命跺脚，快哭出来的样子。我第一次看到她这样还挺高兴的。结果第二天一公布，她还是第一。化学考了 97。亏我还傻乎乎安慰她呀。

她年年都免学费，每学期还有两百块钱的奖学金。她是校长的心尖。我呢，我是校长的冻疮。

在继续说黄玲玲之前，我先介绍一下英才学校。你可以想象一座小型的监狱，坐落在城乡结合处，再往前，就是农村。你当然知道，北方的农村，一到冬天，荒凉得连狗都害怕，大片大片的土地，露出来被榨干的肉身子，北风是地面上唯一的活物。冬天，大风天走路的人，都揣着手，低着头，混混沌沌地走，乍一看像走了一街无头鬼。在路上遇到熟人，递个眼色就算完结，除非有非说不可的话，说完，都各自低头“呸呸呸”地从嘴里往外掏土。它右边是城市，因为接着农村，那一段城市也就很不像样了，都是破破烂烂的小平房，黑乎乎的像地洞，人们像老鼠一样住在里头，如果按照大地的意见，它们就没有存在的必要，而它们也自暴自弃地赖在地上，像土地上多余的癞疤。

我们的学校，就鹤立于平房和田野之间。门口有条路，是宝城当时的环城路，P 市的运煤车把马路染成黑色，所以我们从来不穿白袜子或白裙子。

校长是班上所有男生的偶像，他最爱的有三件事：练武术、打官司、操练军队（我们就是军队）。他的偶像是毛泽东、朱元璋、秦始皇。他最爱看的书是军事书籍、皇帝秘闻、军阀逸事。他身上除了一个奇丑无比的龙头手杖，别无超过一百元的东西。他块头大，嗓门洪亮，睡不铺褥子的木板床，每天四点钟起床舞剑，他吃得很坏，穿得很糟，不打麻将，一心一意扑在学校，除了看几本军事书和打骂学生外没有任何享受。

从公立小学转到这里，我精神为之一振。再也看不到在学校里打麻将的老师，再也看不到那几个趾高气扬的学习委员卫生委员，英才学校里，唯一的真理裁决只有校长一个人，这就简单多了。而且他不是只会强横，他在改我们的日记时，是非常温柔的。所以我们什么都往日记里写，他说，他喜欢别人说真话。

“真可怕。”沙发上的黄玲玲插了一句，脸色发白。

“你们的日记不给老师改吗？”

“都要改的。但老师不鼓励学生真的什么都写。”她抱紧已经变凉的咖啡杯，“我写过心里的真实想法，老师看了很尴尬，后来我就跟别人一样，什么都不往上写了。你们的校长是个怪物。”

当然。他当然是个怪物。但对于 12 岁的我来说，他曾经是一头好的大怪物。对于黄玲玲呢？我一直不知道黄玲玲是怎么看待校长的。

3. 另一个黄玲玲

黄玲玲整个人都比别人小一号，脸还不如一只肥猫的脸盘大。脸色苍白，像个透明玻璃瓶，里面隐着一根根靛蓝色的静脉血管。她从来不笑，也不合群。宿舍熄灯，女生们会聊会儿天，她总是点根蜡烛，绷着脸看书。我们声音大了，抬头就骂。她连老师也敢骂，只要她听不懂，立刻就骂，然后写在日记里。她的日记就是一个账本，校长则像扶保雅典娜的黄金圣斗士，跟所有让她不痛快的人算账。

没人愿意跟她做朋友。就算先前还有，她把别人借她钢笔弄坏不赔写到日记里后，也没有了。但她好像也无所谓。

我那时爱看武侠书，带动整个寝室都疯魔了。我跟一个叫陈海笙的女生合伙租书，那时，一周只能出去一次，就租好够看一星期的书。有时时间紧急，我们都是两人同时看，把书举起来，相对盘膝，四手翻页，像黄蓉给郭靖发功疗伤。如果一个外人猛地进来，会被满宿舍都是这个诡异姿势的场面吓坏。

我和陈海笙还组建了“神州社”。最早,成员只有我们俩,后来她吸收了很多人，几乎所有女生都去了，我就不再去。我站在窗前，看楼下热火朝天的练功场，觉得被背叛，觉得寂寞无边无际。

在我们彻夜看武侠书、练武功的时候，黄玲玲都只是绷着脸看书。她对世界似乎没有一点儿好奇心，像个老头儿。

有个星期六，快放学的时候，校长让我们起立，出去，不准带一本书，“今天星期六，咱们要搞一次大扫除”。他点取几个心腹男生，喝道 :“你们留下来搜。”

校长一声吩咐，几个男生如狼似虎地开桌检查，凡是课外书都扔到地上，从男生课桌里也搜出来不少武侠书，居然还有少量言情书。最后都扔到院里，点火，烧了一下午。第一次，我对校长感到强烈的不满。但我最痛恨的还是揭发的人。一定有人在日记里写了。

当时我们都怀疑是黄玲玲。她好像还挺乐，难得地咧着嘴笑。气死我们了。

“那到底是不是她？”这个黄玲玲还真着急，听到这儿就忍不住了。

“你别急嘛。”那段日子，我们很多人都犯事了。谈恋爱的被点名，逃课的也跑不了，我们都怀疑黄玲玲，谁让她那么得宠！搜课桌都不搜她的。只有她不谈恋爱，也不逃课，也不看课外书。

我们孤立她，但她本来也没啥朋友。她也不爱美，整天穿同一件衣服，冬天还要戴袖套。我们那时虽然也不富裕，但也没有人肯戴袖套了。我们都觉得学校食堂伙食恶心，她从不挑剔。说到作风问题，她连正眼也不看男生一眼。这些在我们看来是毛病，在校长看来全是美德。就算我们想揭发她，也找不到把柄。

焚书第二天，我重新练功。

那天晚上，我从大门翻出去。大门虽然铁锈斑驳，可当初铸造它时，工匠也用心地打过花格。我就踩着花格，一阶阶爬到最黑处。深吸一口气，夹紧肚皮，像条带鱼一样从门缝里游出去。

那天晚上有月亮，方圆几公里，在铁门上一览无遗。我们的练功场，其实是学校对面的一个荒废地基，有的地方在地基上铺了一层青砖，有的铺两层，最高铺了六层。我们量过，六层有一米二。我只能跳到第三层，偶尔能到第四层。陈海笙的成绩是第五层。没人跳到过第六层。

从高处看，英才学校的庞大阴影，笼罩住半个练功场。一个单薄身躯在其间腾挪，惊鸿一瞥间，犹如一把秋水长剑。我激动无比，想不到还有位同道！很多天不下雨，我快步地走，踢起来纷纷扬扬的银色尘土，杨树叶子在月亮下一点一点地闪着青光，树干折射明月，发出淡淡的白色光晕，像一支支幽暗的蜡烛。月亮改变了世界，一切都是柔和的，清洁的，白银色的。那身影正凝神静气，半晌，发声喊，拔地而起，直落六层。肃立片刻，旋一跃而下。风度像极武功高手。她端立残墙时，月光照着她的脸，我忍不住叫：黄玲玲？

说到这里我停下来，雨似乎停了，只是天黑得吓人，仙人球处露出来的一小块窗玻璃，在暗雾中变成了镜子，照出我自己的脸。这是下午三点。我和她的咖啡都喝完了，我觉得我需要抽根烟，或者她这么说了以后我就感觉我需要了。反正黄玲玲问：来根烟吗？我就接了一根。这样的气氛，有点像上初中时，跟陈海笙分抽一根烟。

“你们那时练轻功，是真的相信能练成吗？”黄玲玲问我。

4. 圆月弯刀

因为周六的大搜查，我跟男生地下党接上了头。初中的时候，还不流行男女生说话，所以我们都是早上跑操时，拖拖拉拉跑到男生最后一个，自己呼哧呼哧跑在女生头一个，这样就挨上了。男生的武侠社，叫“圆月弯刀”，创始人是个一脸粉刺、个头粗大的大男生。他已经留了两级。从他那里，我知道还有个写武侠小说的人，叫做古龙。“圆月弯刀”后期产生了极大分歧，一派气宗，坚持练内功，打坐、吐纳、练剑气。另一派也很响亮，叫少林。少林派的男生，手上常年都带疤，那是因为他们练铁砂掌，学校附近的杨树都被他们一掌一掌拍死掉。如果一个男生，每天神经病一样在学校院子里踢腿，一趟十个到头，转回来再踢十个，每天踢六百个来回，那他就是在练下盘。还有半夜不睡，在宿舍里练站桩的，把起夜的兄弟吓得尿在裤裆里。

知道我们只练轻功后，男生老大哥怜悯地问：那怎么够。太偏门是不行的呀。——这时我忽然发现，在他被粉刺毁掉的蠢脸上，还有一双深不可测的悲悯眼睛。他本人是气宗和少林派的集大成者。夜晚打坐，凌晨踢腿。我说，那古龙的招式都是一招定生死，也没有具体入门心法，看他有啥用？

这时，一阵旋风，黑口袋般套到我们头上，他似被人用根细绳勒住，探出了脖子，艰难而坚定地说：古龙，是咱们的精神领袖。

“圆月弯刀”坚持了一年半，初二下学期，学习紧张，大块头男生仍然晚睡早起，夜晚打坐凌晨踢腿，瘦得像饿狗，眼睛里却像有一千瓦的灯泡在烧。最后他被家长领走。那天下午，他在教室门口跟我们当胸一抱拳，朗声道：青山不改，绿水长流，后会有期。我突然发现他变成了另一个人，大块头融化得形销骨立，长手长脚，风吹起他的衣裳，衣服下摆空空荡荡，像一只失群白鹤拍打硕大孤兀的翅膀。我们后来再也没见过他。听说他疯了。

初二后，大家日子都很难过。我们的教室是间地下室，快放寒假时，也是最冷的时候。校长不许开窗户。我们混混沌沌坐着，像一锅馄饨，在开水里扑腾。周日改成考试日，上午考两门，下午考两门，周一公布成绩。黄玲玲越来越暴躁，连校长也骂。立刻有人在日记里揭发，校长回批：不要打同学小报告。

她又要考第一，又要半夜练功，有段时间，我看她几乎跟男生老大哥一样疯狂了。当然，她可以改到白天练。睡觉时间就有保证了。但她绝不。对她来说，练武功是一种羞耻……比看课外书、跟男生谈恋爱还令人不齿。

关于我们练轻功，具体是这样。每天晚上两点钟，大家都睡了以后，我们就翻大门出去，练一个小时。她有时会拉我一起跳，但我也没沾到她的灵气，反而更紧张，还是磕在砖头上，肿的包像杏那么大。

那些地基都是长条青砖，烧得很好，用手指叩一叩，还能发出银子般的声音。但磕在上面特别疼，我的膝盖变成了紫色。黄玲玲每天晚上跳一百下，每次都跳到最高的六层。但当她想负重训练时，别说腿上绑沙袋，即使握一块砖头，她也无法再跃上第六层，同样磕出来一个紫膝盖。后来她总结：不拿任何外物，她可以跳得比一米二还高。她开始寻找更高的目标，那一阵她有点疯疯癫癫，见到什么都要量一量，再跳上去。不过话说回来，那一阵我们都有点疯疯癫癫。

5. 世界的背面

你问我们真的相信这个吗？那时候，我们最爱的甚至不是武侠书，而是一本叫《约翰·克利斯朵夫》的书。我就要用肉身跟砖头硬磕，我觉得只要我能克服疼痛，我就能克服一切。只要我能学会轻功，我就能考上……师范。所以越是肿得像杏那么大，越是膝盖变成紫色，我越高兴。当然，这些并非全部，但另外那些理由，我感觉难以启齿，即使黄玲玲也无法告诉。黄玲玲听了我的想法，眉头紧皱，说我扯淡。

那段时间，我们半夜溜出来练轻功时，聊了好多。我知道她从来不笑，不是因为清高，而是她觉得笑起来脸部肌肉扭曲，很丑。她从来不唱歌，因为她在家敢哼上一句，就会被她爸扇耳光。她发脾气，因为她爱脸红，被男老师点名念课文，或者有男生看她一眼她都会脸红。她袖子里总是别一个别针，觉得自己脸红就扎自己。她挽起袖子，给我看她胳膊上深深浅浅的针印儿。看武侠书，看到有两性描写她就会勃然大怒，把书的那几页撕个粉碎。

平静下来后她承认自己心理有问题，但她没时间管。练轻功已经占用了她最宝贵的学习时间。如果考不上师范，她就什么都完蛋！

我不知道 P 市怎么样，在宝城，有段时间，是不流行上高中的。高中是市里孩子的特权。我们最完美的道路是初中考师范，这样，学费免了，毕业后连工作都有了。但这是农村孩子的狩猎对象，免学费、有工作值得他们为之拼命。剩下我们这一部分，县城户口的孩子，就是随大流，听天由命。

但是我当时并不发愁……你知道，时间并不均匀，有时会特别特别缓慢，像一锅熬得太稠的粥。有时它又迅猛无比，像最不可思议的剑侠千里之外射出的一道剑气，他意念方动，这一剑已经劈在你胸口。那个时候，我几乎感觉不到时间流逝。

黄玲玲是那种罕有的女生，她学理科特别轻松。她的志向有三：一是将来当个数学家；二是作家；三呢，是成为一个企业家，将来可以发展农业，让故乡富裕起来。听到最后一项，我看看她扎满了针洞的两条胳膊，什么也没说。当然我也好不到哪里，我的第一志向是当作家，第二志向是歌手，第三是武林高手。

武林高手不在黄玲玲的志向之中。"它属于另一个范畴。"她向我解释，我记得还用了几何里的一个概念，辅助线之类的。一涉及几何，我就只会傻乎乎地问：什么意思，什么意思？她说了半天看我还是傻头傻脑，就骂我笨蛋。她说过，一切用数字都能概括。这是她热爱数理化的原因，此乃世界的本质和基础。但是，她屏住呼吸，伸出一根手指：武功是另一个世界，它是画在现实世界上的虚空的辅助线，它是无限。靠我们的智慧无法理解，只能相信。

所以我们一个晚上接一个晚上去蹦那个该死的破墙。我们相信武侠书里说的，当你练习到一千万遍时，奇迹就会发生，你将身轻如燕，穿云踏雾。黄玲玲已经出现这样的苗头，我们为了寻找更高的跳跃目标，找到了学校后面的食堂，那是一间白色平房，一人多高，屋顶上覆盖着黑色的薄瓦。我们为这个目标争论过，我担心踩破瓦。但附近没有更合适的高度。黄玲玲说她有把握。那时刚刚深秋，她就穿上了棉袄，是那种自己套棉花的臃肿的土红色棉袄，胳膊上带着蓝色袖套，为了暖和，穿一双黑色雨鞋。这些奇怪的搭配让她在白天看着像个小丑，但夜晚，她跳跃前的沉静，就像换了一个人，没有任何可笑之处，反而令人不安，像看到了某种……特别庞大，跟现实生活比例严重失调的东西。

她伸开双臂，头发无风自动，统统朝后紧贴住脸，她顿足，犹如燕子归巢，斜着掠上黑色屋顶。从下面看，只看到一张苍白的脸，在夜色里漂浮。食堂的狗狂叫起来，深夜中听着格外狂暴。我们狼狈逃窜。那些日子，她说感觉体内有使不完的力量，在四肢内循环往复，川流不息。而我的紫膝盖，以及永恒的磕倒在第四层台阶上的成绩，将我俩挽留在一个相对正常的现实世界。

6. 耻

我去过黄玲玲的家。有天晚上，她在学校厕所里受到了惊吓，连夜回家住。第二天我逃课去看她。她家在学校附近那片像地洞的平房里。最外面是个杂货铺，从杂货铺通往里屋的路，以前是堵墙，直接被人掏了一扇门大的窟窿。里面有两间屋子，堆满纸箱子。我坐在一个方便面的箱子上，抓给我的糖放在安尔乐卫生巾的箱子上。黄玲玲有点不高兴，刚开始时，看也不看我。

她爸爸跟我爸是同事，不过她爸是集体工。他是农村里少有的脑子活的人，很年轻的时候就想办城市户口，后来不知怎么弄的，没有地了，可也不是城市户口，就在这儿租房子住。她爸从来不管买卖，如果正好从柜台后面出来，有顾客要他拿个什么，他都是喊：老板，有生意了。然后跟顾客抱歉地笑笑。然后她妈从里头着火一般地挤出来。这一点玲玲跟他特别像。这是离学校最近的一个杂货铺，我们经常来买零嘴，黄玲玲从来不吃。事实上，我们一块练了半年的轻功之后，我才知道卖冰棍的就是她家。她告诉完我，立刻又向我发了一通火。

她爸爸对我特别热情，拿糖让我吃。他的白衬衫异常干净，裤子虽然是烟草局发的，但裤缝压得笔直！他还问我，喝不喝茶。喝茶是大人才有的待遇，我觉得他特别会尊重一个小孩。所以黄玲玲说自己恨他时，我很震惊。

黄玲玲爸爸平时很闲，总在街上跟人下棋，夏天收烟时，他们才会紧张。他每年春节都被抽调出来，参加单位的歌唱比赛。每年都唱同一首歌，就是《小白杨》。我爸一见他上来就嚷嚷：小白杨都唱成老白杨了。底下就哄笑成一片。她爸个头高高的，嗓门很亮堂，每次比赛都穿那件咖啡色双排扣西装，头发梳得光光的，唱完深深一鞠躬，特别优雅。所以我对黄玲玲说的半信半疑。我爸也打我，但都是因为我考试成绩差，不写作业，我相信没有不爱孩子的父母。但黄玲玲成绩很好的，为什么也挨打？

“因为她化学没考一百。因为她的钢笔被人弄坏了。因为她是女孩。因为他自卑。因为他被人嘲笑了。因为他对你太好了。”黄玲玲忽然插进来，一字一顿地说，声音尖利，每个字都像一根针。那一刻，从眼神到声调，她宛如被我的初中同学灵魂附体。更让我惊吓的是，她居然说得一字不错。

“你们认识？！”

“不认识。”她笑起来，又点了根烟，那种令我惊怖的印象消失了，“可我认识像她爸爸这样的人。对外人一定是非常好的，但对自己的老婆，孩子，就很难说了。或许正因为他们对别人分外好，更要在家人身上，把黑暗一面撒出来。算是一种平衡吧。他从来不许女儿唱歌，他以唱歌为羞耻。他活得很痛苦。”

我足足半天没说话。

那天我坐了一小会儿，就急着走。屋子没窗户，黑洞洞的，虽然开着灯，可五瓦的灯泡只会让人更压抑。玲玲爸爸热情得过分，坐着陪我们聊天，说:“我家玲玲要有你一半好，我就高兴了。”虽然知道这是客气话，听了还是不自在，而黄玲玲一瞬间露出一种极为尖利的眼神，扎着我的脸。

黄玲玲跟我一块出来。这是周六的下午，学校的铁门到傍晚才会开，我们无处可去，又走到练功场。正是少有的深秋的好天气，盛大的阳光照在身上，没有运煤车经过，世界明亮而安静。我们坐在最高一层青砖上，轻轻荡着脚。

“你练成了武功，用它来做什么呀？”我懒洋洋地问黄玲玲。

“笨蛋。”黄玲玲总是这样，不骂不开口，“学武功不是为了有用。你忘了，你曾经渴望世界上能有一本永远看不完的书。

我希望世界上有解不完的数学题……去年冬天，有一次下了两天两夜的雪，我早上起来看，它还在下。临睡前看它，它还在下。半夜爬起来再看，它还在下。天空里像点着灯，笼了灯罩,什么都能看得清清楚楚,像猫头鹰的毛那么大的雪片，密密麻麻地往下掉，像是天上在发糖果，而且永远都发不完。”她停了一会儿，脸上忽然有了暴怒之色，“这跟数学不一样。这跟我们现在的生活一点儿也不一样。那个时候，我的脑子好像被什么撕开，撕成两半，我自己的肉身子像要从那个缝里挣脱出去，跑到外面，疯狂地往天上往随便什么地方跑，我不知道我接下去会干出什么事情，好像什么事情都有可能，我觉得我可能疯了。就是这样。可是这样的东西你只能要一样。你知道吧，不然你就会淹死。甚至一样也太多了。因为人本身是有限的。”她脸色阴晴不定地变幻，半天她说，“我希望我从来没有遇到过武侠书。从来没有练过轻功。”

然后她说要上厕所，叫我陪她一起。

我十几岁时，厕所都是旱厕，蹲坑之间没有遮掩，用来分隔男女的墙壁，每一面都是千疮百孔。黄玲玲对厕所的态度很怪。她一个人不敢上厕所，都要叫个人在外面站着。可是也不许别人跟她一起上。我们说，我们又不是男的。她就发怒。

她受惊吓的那天，下了一天的雨，雨灌进敞开的粪池，又溢出来，地上都是活蛆，踩上去发出咯吱咯吱的脆响。有人往蹲坑的两侧放了砖头，这样垫着脚，好歹可以用了。这样厕所里的气氛就比较紧张。本来她叫我一起，但中午我们刚刚生过气，我就没去。她一个人去厕所，被人偷窥，她出来后就歇斯底里了。

那天中午我们生气的事情是这样的。我们一起上厕所，我出来后，她进去，立刻丧着脸退出来，把我骂一通。我莫名其妙，到底怎么了。她怒咻咻地：你也太不自爱了。你看你把厕所弄成这样，也不收拾一下。

我又进去看了看，不得要领，出来再问她，她勃然大怒："你怎么把那么肮脏的东西留在厕所。谁都可以看到。你们都这么不自爱。"

我的老天。她还没来过例假！她的生理卫生是怎么考一百分的。

又来到厕所，为了破除她的心里阴影，我先进去看看。昨天被人抠掉的砖头已用水泥封死。我把耳朵靠近中间墙壁听一听，那边声音全无。"没人。你进去吧。"我像个保镖一样站在外面，等了好久，黄玲玲仍然没出来，"你没掉里头吧？"厕所的味道不好闻，上完厕所，身上的味儿要逗留一个小时才会消失。

“你没事吧。”

“你再不说话我就进去了。”

我真急了，也顾不得黄玲玲的古怪脾气，一头闯进去，她绝望地蹲在中间，哭得一塌糊涂。

她来例假了。

我停住话头，“再给我支烟。”我说。宾馆外面，天渐渐放白，但还在下雨，雨声很大，像远处有个瀑布轰鸣。

“说句不相关的。我觉得我们这些人长大了很容易信仰宗教。我的好多初中同学，后来就信了基督教或佛教。跟罪恶感有关。小时候，我们很容易感觉自己有罪，感觉耻辱。这个感觉跟宗教是相通的。你问我，是谁告的密，是我们所有人。我们每个人都在日记本上，写下证据，揭发同学，渴望得到校长的宠爱和关注。初三上学期，有段时间，我学习不错，当上了语文课代表，负责收日记本。我什么都看了。包括我前两年自己的日记。后来我就很害怕校长。他知道我们所有人的坏事。所有的弱点。我觉得我们是被他拿在手心里了。可能这辈子都跑不了。不管你走到哪儿，他办公室里都有你当特务的证据。就连现在，我跟你说他的坏话，我也担心，万一他知道，他就会把那些证据拿出来，整臭我。他当年就是这么干的。他在班里公开批斗一个女生，那个女生长得很一般，老揭发别人谈恋爱。可是她自己才一直都跟社会上的男生一起混。校长告诉了我们她告过的密。我们都狂怒了，仔细地看，那个女孩跟我们都不一样，她的胸格外大，我们说是被人摸大的。她后来退学了。但那个摸大了的名声一直跟着她，一直到她跑到外地，再也没有回来。听说她干了小姐。”

现实世界里，黄玲玲没考上师范，胡乱上了个卫校。我上了一个技校。我们保持通信，她还是动不动就脸红，连军训的教官看她一眼她也脸红，在她的脑海里，别人看她的眼神都很高深莫测。我知道她到开封实习。在床头贴一张《射雕英雄传》的剧照，下面署上自己的名字：逍遥子。实习的日子她慢慢变得正常，迷恋《罗兰小语》，喜欢看电影，也不提脸红的事情。卫校毕业的学生，每一年得好几万吧，反正，我的同学里凡是啥也没考上的都去念了卫校，所以工作不好找。她家托了好多关系，也不行。她只好在家里待着，帮妈妈卖东西。就在那时，我忽然收到她很多信，跟我讨论哲学，信很厚，字写得密，一行叠在另一行上，背面再写一遍，钢笔戳破纸张，字句相叠，我什么也看不清。再后来，我听说了一个消息：她恋爱了。我得多吃惊啊。她不再憎恶男人了吗？她不再觉得耻辱了吗？

那是一个电台主持人，据说，主持人每天都在广播里向她表白，那表白，除了她，谁也听不出来。那是他俩之间的暗号。

有天她到我家找我。她几乎一点也没变，还是沉着脸，眼神特别坚定。

“你还练武术吗？”她轻轻问我。

我不知道怎么回答。她自己摇摇头，我不练了。我找到了真正的无限。她屏声静气地伸出一根手指：爱。

“你记得有段时间，我给你写信讨论哲学吗？”

那段时间，她没有工作，也不用上课，她从来没有那么空闲过。她把所有的问题都想了一遍，最后，她沿着麦地向田野深处走，她走了一下午，五月是乡下最华丽的月份，麦子熟透了，金色到了极点，被阳光照着，像一张张波动的镜面，反射出惨烈的白光。她一直在心里固执地问一个不存在的人：你在哪里。你在哪里。为什么。为什么。她想，一切都必须有一个理由。不能再这么浑浑噩噩地活下去。必须要有个答案。突然间，天空下起暴雨，她仰头看，一个声音在她心里说：我在，我一直都在。

她如被雷击，泪流满面。

那就是爱。她脸色苍白，靛蓝色的静脉血管像燃烧在玻璃瓶子里的火焰导管，神秘地笑一下：去爱吧，把自己真正投入进去，你会很幸福的。

可是，我们也听过那个广播，没听到对方有什么暗示啊。我怯生生地说。

你不懂。就像当初学轻功你也不懂一样。你得相信。她轻蔑地看着我，眼神冷静。

你还没爱过人呢，你什么也不懂。你只知道有看得见的一个世界。她说完这些，就走了。她走路的样子轻飘飘的，像一只失群受伤的大型鸟类，比如说，白鹤。来例假后，她就不能跳那么高了，这我早就知道，但看着她背影，我觉得她能到她想去的任何地方。

后来她就死了。她回英才，从宿舍顶楼跳下。可通往顶楼的楼梯，早就被水泥封死。我们不明白她是怎么上去的，又为什么上去。校长从那以后，有些老得厉害，渐渐把学校给了儿子，自己不大管了。前几年听说分家内讧，被儿媳妇骑在身上打。我都想象不出来，校长！但我记忆里仍然是带我们上课的那个校长，掌握着我们所有证据，凶悍的，强横的，那个人。我一辈子害怕他。

“如果她实习后能找到工作，或者说，她能考上师范，当老师，也许她就不会死。”黄玲玲说。

“是。她的问题是，她思想跑得太远，可是生活太闭塞。”黄玲玲说得对，我们不该看武侠书，不该练轻功。它像一种诅咒，碰着它的人就会不幸。男生老大哥疯了，陈海笙失踪，黄玲玲自杀。在那几年，我经常想这些事，有时我想，也许我们是多余的人，就像那些地洞平房一样，本来不应该存在。有时我想，也许武功是另一个世界，但并没有人承诺过我们，那个世界就一定比现在这个更好，更不邪恶，我们在其中一定就不感觉罪恶和耻辱。并没有人承诺过我们，连武侠书里，萧秋水或令狐冲都没这么说过啊。

我一口气说完，黄玲玲坐的沙发已经没入暮色中，她的脸被昏暗包围，身上散发出一股奇怪的、老年人的味道。我拿起包，开门，走出去。我像呕吐一样吐出了多年的淤泥。我不再对听众有兴趣。

天放了晴，街道被暴雨冲刷得干干净净，杨树叶子闪着银光，在风中拍着手，奏出银子一般的流水声。第二天是周日，我在公园湖边长椅上晒了一天太阳，感觉五脏六腑在颤抖，怎么都停不下来。

周一，我去上班。黄玲玲没有来。我无聊地坐到中午，用电脑放歌听，又烦躁地关掉。下午时，高唯来了，吩咐我把黄玲玲的东西收拾到一个塑料袋里。待会儿给她的家人。

“她辞职了？”

“她自杀了。”

我停住手，半天没有说话。

黄玲玲的妈妈头发短短的，很像我妈。她们除了少女时代留过长辫子以外，之后就永远都是短头发，不化妆，不敏感，粗糙，但能吃苦。把袋子给她时，我们握了握手，她的手非常厚实，粗糙，是长期干粗活的人的手。她抱着袋子，倒没有哭，问我，哪个是黄玲玲的座位。我指了指。她就过去，坐到那把凳子上，东张西望一下，大概在想象黄玲玲坐在这里时的样子。我忽然想起来，我妈妈年轻时其实是化妆的，喜欢看小说，或许也很敏感。那是在我非常幼小的时候。但她毕竟也年轻过。

黄玲玲死因不明。有一些流言，但我选择不听。她是割腕死的。这是自杀中最需要勇气的，因为跳楼、投河都能借助外力，但割腕不行，中途不能晕血，不能怕疼，完全靠个人意志力完成。这很像黄玲玲的死法，我说过，她是很坚定的。

后来日子就照常过了下去。我照常去电视台包的宾馆里上班。没有了黄玲玲，我的地位更加稳固，但高唯也就更加给我气受。半个月后，我终于辞职了。高唯是一方面，我们的制片主任许诺要提拔我，但我要付出代价。

收拾东西的混乱中，有人递给我一封信，是本城投递，下面没有地址。我收到箱子里，一起抱到住处。这里我也退了，买了晚上的火车票去北京。在上火车前的无事可干中，我打开那封信。字体清秀，用黑色墨水，写在抬头印着大红色P市检察院的稿纸上。

小路，你好！

我是黄玲玲。真名叫王贺美。你说过，我们都是被诅咒过的，现在，再一次在我身上应验。你的同学，黄玲玲的确考上了师范，我那一年什么也没考上，我爸当年是P市司法系统的一个小头目，他盗用了她的成绩。从此，我以黄玲玲的身份活在世间。

除了生活较为优裕，我的其他情况都酷似黄玲玲。我也有个残暴的父亲。所以，那年他让我自己选：是大家都冒风险，盗用身份去上师范；还是复习一年，重新考。我毫不犹豫选前者。所以，我并不无辜，我是主动选择的。

我爸让我自己选，并不是民主，而是要我知道，他为此冒了丢掉前途的风险。这也是从我12岁以后，他不断重复告诉我的主题：他为我付出太多。我必须感恩。但我不。一想到上完师范，找到工作，赚钱独立，我就高兴得发抖。我不打算跟他有任何关系。这种决心，是我所有生活的动力。所以上完学，我又找到进修机会，然后进电视台实习，然后留在南京——对我来说，这一切的动力都来自于对他的恨。恨越强烈，我就能走得越远。

但最荒唐的事情是，从我来这里进修的那一年，也就是三年前，我最恨的那个人已经不能再打我，不能再追到这里限制我的人身自由了。我曾经因为进修，跟他大吵，被他关在屋子里关一个月。我跑出去后他跟着我跑了一条街，大喊着“你今天走，咱们就是家破人亡”。他想让我丢脸。这些我都不怕。荒唐的事情是，因为派系斗争，他被抓起来，判了二十年。他今年54岁，放出来就是七十多了。

我只进去探望过一次，今年春节的时候。仍然憎恨，但更加憎恨老天爷跟我开的玩笑。我怎么能恨如此软弱的一个人，一个瘦得只有以前的一半的人，一个见到任何人包括我都哈腰赔笑的人。他被打怕了。他被打废了。再也不是以前抽我把皮带抽断的那个人。我恨不起来。最重要的是，他软弱了，他需要我的帮助了，他需要我的亲情了。可我也怜悯不了他。

电视台这里，我走后，你会听到风声的。他们说得对。我跟制片主任有染。但你千万不要以为，我是被他老婆打了一顿才去死的。我只是觉得这些都无所谓了。我泄气了。他本来要送我去北广进修，回来做主播。他老婆大闹电视台，这条路断了。我还有别的路，当然，同样是黑暗中的幽深地洞。我好像一直在地洞里钻，不知为什么，我没有走过好人走的路，是我自己的问题。我应该安于活在黑暗中。

我和黄玲玲都是从地洞里爬出来的多余的人，我们对世界的贡献就是恨。当恨不存在，我们就没有了存在目标。也许以后还能发现新的,但我不想等了。等待是很煎熬的。

谢谢你告诉我黄玲玲的故事。我也告诉你我的故事。我们扯平了。

祝好！

王贺美

尾声

我说过，时间并不均匀，有时会特别特别缓慢，像一锅熬得太稠的粥。有时它又迅猛无比，像最不可思议的剑侠千里之外射出的一道剑气，他意念方动，这一剑已经劈在你胸口。

初中毕业时，我们都被这道重剑劈得人仰马翻，突然间，每个人都要面对从黑暗中爬上地面的庞大未来。在最后一个冬天到来以前，我们仍然练了一阵轻功。黄玲玲还不死心，而我的成绩似乎到此为止，我不再跳跃，改以长时间的静止。我久久地站在那片青砖墙前，有时有月亮，有时漆黑，有时杨树树叶的拍手声像远处传来的流水。有段时间，我感觉自己像青砖石一样，四四方方，平平放在地上，和世界所有的关系仅止于此。后来我又像那些杨树，根从双脚生出，扎入足下的土地，越来越深，幽曲无尽，犹如无数个灵敏的耳朵，倾听着地底深处，黑暗中心的秘密。而我的双手合在一起，也发出流水的声音。我开始理解气宗的那些男生，我开始想起，在遍寻不获新书时，我曾幻想能有一本书，永远看不完。我觉得那也是可能的。一切都是可能的。

2010 年 11 月 6 日，绍兴蕺山下

少女哪吒

1. 花朵与果实

我有一个秘密：如果你沿着河堤一直向前走，你就能走到世界尽头，如果你走得足够久，你就能回到原地，因为地球是圆的。

我是怎么发现这个秘密的呢？话说那是今年的四月份，我跟李小路去河堤寻找创作灵感，春天的河堤，到处都是花朵，有梨花、杏花、桃花，我们欣赏了一会儿，决定偷几个杏吃。由李小路爬树，我望风。其实这时候的杏还根本不能吃，酸得倒牙。我们只是觉得有趣，而且，杏子看去实在可爱得很。我用衣服兜了几个杏后，就听到农民大声咒骂，还有狼狗的狂吠。不好！被发现了！李小路一个跟斗摔下来，我们掉头就跑。那只狗不知为什么，只是穷追不舍，吓得我魂都掉了，后来我想起我的两千米得过学校冠军，就又不害怕了。我们一直跑出城，周围都是麦苗地，这时候一片青葱。狗叫声听不到了，我们置身在一个陌生之地。而河堤还一直向前延伸，无穷无尽。我想，这条河大概是汇入到黄河去的，黄河是要流入海的，所以，顺着河走，你就可以看到大海。这个念头让我急不可待：我已经12岁了，这辈子还从未见过大海！岂不年华虚度？

我忍住了立刻就要去世界尽头的想法，因为我们什么也没带，一口吃的也没有，我还有一百块压岁钱压在褥子底下。但奔跑的惯性刹不住脚，我们从河堤冲下去，张开手脚，我的皮筋跑丢了，披头散发，好像要飞起来。这个地方离渡口已经很远很远，河床这里那里露着沙子，河水清浅，好像可以横渡过去。我犹豫一下，周围一个人也没有，对面山坡上开着一两树水红色的桃花，被风吹得一摆一摆，似乎跟我招手。我心一横，继续跑，跑到河里，惊得水哗哗响。为了春游，我穿了一双凉鞋，还有一条白裙子。我拉起裙子拼命向前跑，好像要摆脱仍然穷追不舍的大狼狗，其实背后没有人，世界异常静，如果不把李小路讨厌的大喊大叫算上的话。为了压过她，我也拼命喊，这么一喊，世界变得明亮极了，似乎它跟我一样有的是劲儿。后来我们的喊声在我耳朵里变得模模糊糊，我开始不明白自己为啥下河，为啥要在这么深的水里往前走，这时候已经跑不动了，我吃力地走，像是要自杀，河对岸离我咫尺之遥。最后我折回岸边，裙子全都湿透。我们只好在河堤上游荡，直到裙子晒干为止。这是星期天，太阳很好，回民老头带的武术队都出来练功，小个子的分成一排排，整整齐齐地踢腿，一踢能踢到自己的额头，在脑门踢出一个黑印子。年级大的在一片洒了沙的平地上练拳。武术队大部分都是男生，经过他们时，他们都在看我。我的脸红了。

亲爱的朋友，你想一想，河堤给我们提供了多少乐趣。我可以每天都去而不会厌倦。因为有了这条河堤，宝城也更加可爱。是的，我深深地爱着我的家乡，希望跟它永不分离。

《春天在宝城的河堤》是我初二时，“花朵与果实”文学社的文章，作者李宛冰，那时她还叫王晓冰。文学社一共有四个女生，创办人是我和她。最开始，我们为起名字而苦苦思索。我说叫“七色花”，她摇头：“全中国至少有五十个七色花文学社！叫我说，应该叫‘果树园’。”晓冰即使在嚷嚷的时候，眼睛也是喜气洋洋的，好像在吃什么甜的东西。“那也太实用了，”我嘟囔，“看见它，我就没法不想到吃！咱们总得有点精神追求吧。”

最后叫“花朵与果实”，它只出了一期，当时是冬天，我们写的都是《冬天来了》，只有晓冰写了一篇春天，被评为最优。

不知为什么，对宝城的记忆，总是与寒冷有关。到了冬天，街面上似乎格外地穷，又因为穷，而显得格外窄。人们很少在街上走，就算走着也不好看，都低着头，缩脖子，两只手揣起来，眼睛因为受冻，变得更小，鼻子倒变大，变红。在冬天，不知为什么，大家的表情都十分愁苦，好像挨着饿一样。上早自习时，一路都没有人，穿过一条有狗的胡同，远远看到零星灯光，那是十字路口的卖早点的。在冬天，连他们也不像平日里喜庆，脸上照例还有笑容，可是像被冻僵在脸上，摘不下来。他们一律都揣着手，缩着脖，扬着脸，好老远就能看见照顾生意的人，抢在隔壁摊位前头喊出来：热豆腐脑热包子，热胡辣汤热蒸馍。如果来的不是买主，比如像我，他们就停住不喊，继续跟隔壁摊主一起跺着脚，左脚右脚、左脚右脚，来回倒换着跺，像一排吐着白哈气的企鹅。

在冬天，上早自习是痛苦的。唯一的好处是，在早上，街上的泥巴还上着冻，它们以昨天傍晚被碾过的面容，硬邦邦地屹立着。太阳出来后，街上的泥巴就融化成一锅厚粥，只能沿着墙角边前头人垫的路走，这条路由碎砖头、长木板、稻草团、垃圾袋、破布娃娃、旧皮包、烂鞋组成，可以想象，前面的人，为了走下去，把身上能垫脚的都解了下来，但还是不够，那条路，常常走着走着就消失，不知前面的人走到这里，是不是凌空飞起？

早自习时，我就踩着石头般坚硬的泥巴，一溜跑，脚步声刚响起就被冻上，像风筝一样拖在我身后。我一路跑进教室，脱帽子，解围巾，眼睛才从围巾里挣脱出来，就看到一双喜气洋洋的眼睛看着我，它的主人像我一样，脸蛋冻得绯红，淡绿色的围巾靠嘴的地方有一圈湿漉漉的白水汽，她也刚到，正在费力地解围巾，它在她身上缠了十几道，像一条绿色的大蛇。像我一样，她也是从黑暗和严寒里跑过来，她手里还握着一块砖头，用来对付狗。像我一样，她也一见我就迫不及待地讲她昨晚做的梦，昨晚上看的电视，那就是我的好朋友，王晓冰。

来报到那天，我站在门口，爸爸抱一个课桌站在我身后，因为我是插班生，班里没有我的桌椅。课桌是铁的，又大又沉。桌面是一块厚厚的白铁皮，翻开可以装书。新同学们看着这个黑家伙，露出不怀好意的笑容。老师指了指第一排的角落：李小路，你挨着王晓冰坐，她学习好。我斜眼看去，就看到一双喜气洋洋的眼睛，有的人眼睛会说话，晓冰就是，我忽然不慌张了，镇定地跟着扛着桌子的爸爸走进去，坐在她身旁，我们这就认识了。

我们的友谊是秘密。我的朋友们，主要坐在班里的后三排，擅长干坏事。我自己，很快被识破，被调到倒数第二排；她的朋友是另一群：班长、各科课代表、考试前五名，他们都坐在第一排，连第二排的都没有。这是两种阶级，划分标准是分数和老师的宠爱。我们好像天生就明白这些道理，在班级里小心翼翼保持距离，以维护晓冰所属阶级的尊严，当然，我的阶级也有尊严，我们的尊严就在于自知之明，不讨好、不与他们来往。我跟晓冰的友谊，在两个阶级都是叛逆。

寒假结束了，但春天还没来。教室里仍然冷，后门框上缺了两块玻璃，灰蓝色的风从那里吹进来，比野地里的还要刺骨。写字时，仍然写得歪歪扭扭。手指头还是生着冻疮，变成丑陋的暗红色。班里流行挖开课桌下的地面，抹好泥巴，放一块快烧完的炭，再封上。脚搁上去，就有微弱的热气，从脚掌心一直上升到小腿。取暖运动被镇压后，教室的前面，多了一个小煤炉，恒常坐一个装满水的铁茶壶，用以取暖。这个煤炉迅速被利用，班里开始流行开餐厅，有琼瑶餐吧，海洋饭店，好美丽饭馆。放学后，我们轮流用煤炉做饭,从屋檐下摘一根透明的冰凌,搁到搪瓷茶缸里,放上白糖，烧开就是一杯热糖水。菜谱还包括煮面条、糖炒芝麻。我们严肃地做饭，成为自己的爸爸妈妈，也轮流当对方的爸爸妈妈。这一切都与取暖有关，与食物有关。我们即使在过家家时，也是一批现实主义者。

我呼朋唤友干这些时，晓冰总是一个旁观者，甚至不屑于批评。我们的友谊建立在文学之上，那跟这些都不一样。

“我现在总希望我们两人在一块合写一部大型的小说。如果你也有意，这星期六好商量。晓冰。”她板着脸给我们发英语作业本，给我的纸条，就夹在第一页。

周六我找她共商大事，晓冰家是一个幽深的大院子，晓冰一个人住在二楼，有一间书房，一个卧室。她的书房里还有个绿沙发，盖有钩织着硕大荷叶的白布，这也是罕见的，在宝城，沙发是父母客厅里的摆设，与孩子无关。在她家时，我们蹲在沙发上，用白布盖住头，假装是两只小鸟，躲在谁也看不见的巢穴里，我们的乐趣就在于不停说话。

“你妈妈太宠爱你了。”我说。

“那当然。你妈不爱你吗？”

那不一样的。晓冰从来也没挨过打，我没见过她妈妈出去打麻将，或者叫人到家里开麻将场，晓冰的毛衣，从来不像我们穿得那么臃肿，她虽然也是妈妈自己打的，可是手工精巧，颜色多半是鹅黄和淡绿，真正像一个小姑娘的颜色。晓冰的妈妈，是五年级的语文老师，她像电视剧里的妈妈一样文明，从不大声呼喝。在家里，她一会儿送盘水果，一会儿端两杯茶，一会儿拿小点心给我们吃，每次脚步声一响，晓冰跟我就赶紧把白布铺好，两个人装着念英语，像地下党一样。她妈妈从楼上下去后，晓冰总久久倾听，直到楼下房间的纱门“咣”的一声响才罢，“我妈可会偷听了。”她说。

有一次，我在晓冰家待得太晚，她们不放我回家，我就住下了。临睡前，洗脸洗脚，她妈又拿出来一个小盆，里面装着温水。晓冰犹豫一下，端起来去洗澡间了。“这是你的。”她给我也拿了一个，“每天都要洗屁股，女孩儿家要讲究卫生。”我端着小塑料盆，觉得窘极了。我没有见过晓冰爸爸，我们也从不提他。我模糊地觉得，虽然不挨打，晓冰也很可怜。但有的时候，特别被我爸猛揍以后，我就想，没有爸爸也挺好的。

那天晚上，我们睡一张床，睡下之后，我们俩好久没有说话，后来晓冰叹了一口气，“现在你还羡慕我吗？”她莫名其妙地说。

“羡慕。你妈妈对你真好。”

“可有时真希望自己是个孤儿，无父无母，谁的情也不欠，浪迹天涯……”

“你三毛看多了。”我嗤笑。

“你不懂。”她闷声说，声音像从枕头底下发出来的。

我快睡着的时候，听到她小声问我，“你睡着了吗？”我迷迷糊糊地“嗯”了一声，她声音小得几乎听不到，“小路，我真希望自己是孤儿呀。我可羡慕你了。”

这是什么话，难道我是孤儿吗？她有两间屋子，我呢，连床都要跟姐姐一块睡，什么隐私都没有。像冬天，我们盖一条被子，如果并排睡，我身体的左边和她的右侧都会漏风。如果我们都向右，我的前胸和她的后背之间，就总会有块被子掖不紧。如果那里掖紧，我的后背又会凉飕飕。“你妈妈多关心你，我留下来住，她就换一床大被子……”

“我妈还坚持我冬天要跟她睡呢，我脚凉，她爱把我的两只脚紧紧贴在胸口给我焐……太可怕了。”晓冰把她的脚，离我更远一点，弄得被窝有点漏风，“她很胖，胸口鼓囊囊的，真恶心。我洗澡，她都一定要给我搓背。我也没有隐私。可是你妈不会永远都在窥视你，想知道你在想什么，连你洗澡都不放过。你比我强。我要是孤儿就好了……”

那天我们说了很久，最后我都睡着了，也不知道自己都说了些什么。虽然被子又大又软，天亮后，我的脚仍是凉的，她的也是。

过完寒假不久，我又转学到英才。爸爸来学校，用自行车驮走了课桌和我的板凳。我扶着桌子腿，慢慢地跟在后面走，晓冰不在，她去参加英语比赛。这时候已经是春天，河堤上的桃花应该都开了，再过两天，连杏花和梨花都要开的。梨花是白的，杏花是粉的，桃花是红彤彤的。我今年还没跟晓冰去过一次河堤呢。自行车驮着我的大课桌，沿着与河堤相反的方向，越走越远，白铁皮桌板，在自行车后座上咣啷咣啷响，像一只大白鹅一路叫。

2. 很多很多的秘密

“听说英才现在练武成风。大概你已经忘了我们合写小说的计划了吧？ 1991 年 3 月 30 日。晓冰。”

“我们已经有两个月没见面。你在英才，是不是又有了好朋友？我还是你最要好的朋友吗？ 1991 年 5 月 10 日，晓冰。”

“或许人一长大，就会变得太大了，对什么也不感兴趣了。小路，等放暑假我们还像以前一样好吗？到时，我们穿着裙子，拿着课外书，一起去玩。我还要领你去一个有回声的地方，你只要轻轻说一句话，哪怕随便‘嘿’一声，都会从远方传来回声。那个地方夏天风很大，旁边还有坟地。到时我们带上黄瓜，番茄，汽水，像旅游一样。1991 年 5 月 30 日，晓冰。”

“来我家的客人中，有个长得道貌岸然的中年妇女，有次见我看课外书，就说起她女儿升高中时，不准摸杂志不准看电视不准跑着玩，直到她考上大学为止。我真想给她的茶里下毒。现在我妈也控制了我的娱乐，最倒霉的是，她不准我再给你写信，更不准我去找你。我现在只有周六能看一小会儿电视。上星期的正大剧场放的《孤儿流浪记》你看了吗，看得我是眼泪汪汪的。我也是个孤儿呀。这是这学期最后一封信，别忘了我，晓冰。”

“李大路，你考去哪儿了？我的分数很可怜，只上了卫校，在 P 市。你赶快给我写信，我在这里一个朋友也没有。对了，写信时，你可以写李冰儿收。如果不是要上卫校，我妈是绝不会同意我用我爸的姓的，趁机我把名字也改了，你写李宛冰，李冰儿，都能收到。我在这儿，父母离婚的事儿，从没对任何人讲过，你也不要对你的同学说我的事。我爸爸来看过我，你知道不知道，我长得可像我爸呀！都是头发有点自来卷，眼皮都是薄薄的单眼皮，脸圆圆的。他大我三十岁，今年都 45 了。我们第一次见面很戏剧化。当时，我到传达室去领信，一个很高的中年男人站在门口，手里拎个公文包。我还很热情，问他找谁，他说找 92 级护 5 班李宛冰。我很吃惊，说我就是。爸爸立刻就说：你都长这么大了！爸爸终于见到你了。我‘哇’的一声就哭了起来，扑到他怀里，哭完了还问‘你到底是不是我爸爸’。后来，我们到旁边的公园散了好长时间的步，我今年一米六，才刚到他肩膀边儿。我们说了好多的话，他现在在这里的一个大单位当头。他给我一百元，我死活都不要，他就拿走了。过几天，又给我汇过来了。李大路，这些事我只告诉你一个人，你可千万要替我保密，否则，传到我妈那里，她非打死我不行。1992 年 12 月 29 日。冰儿。

又及：小路，黄玲玲也在我们学校。她给你的信，被传达室直接退给我。我拆开看，她就写了几个字：今年我要博大胸怀，心怀蓝天。她是你在英才的好朋友吗？”

“小路，告诉你一个秘密，千万别对任何人讲。去年军训时，我们排长曾经当众训过我。没想到，军训结束后，他给我写了好多封信，说很喜欢我，可是部队纪律很严，拖到现在才对我说。他信上这样说：‘我现在正式提上排长，按部队纪律，找朋友已经可以了。我知道你还很小，但我不能不告诉你。虽然你并不算太美丽，但你长得吸引人，可爱。我也曾想过，我毕竟大你十岁。你今年才 15 岁，我都已经 25 了……’我看了很吃惊。小路，我该怎么办呀。这是我生平第一次接到求爱信。我不敢保存，看完都烧了。1993 年 1 月 10 日，冰儿。”

“小路，我给你寄的一套《楚留香》你收到了吗？上星期我回家，到我三姨家去玩。三姨说过，她们的东西都搁在外面。我骗小乐乐说，院子里有蚂蚁搬家，把他支出去，我开始翻，看能不能找到什么东西。翻了半天也没看到零用钱，倒是在梳妆台上看到一本《楚留香》第三册，我又去翻床上，枕头底下还有两本，我想，李小路不是很爱看武侠书吗？！

我仔细又找了一遍，终于在橱柜里找到最后一本，包到衣服里面，骗过小表弟，带了出来。到邮局给你寄时，管邮包的老头非要我五块五邮票，我哪有那么多钱啊。就苦苦哀求，他不知道哪来的邪火，训斥我不好好学习，我大声说：什么课外书，这可是马克思！于是他让我贴了四块钱的邮票就通行了。这包书来之不易，花了我好几天的伙食费，你可千万要查收。1993年3月31日，宛冰。”

“《楚留香》是我骗你的。愚人节快乐。1993年4月20日，宛冰。”

“记不得我是从什么时候开始不吃饭的，总之，挨饿的时间有几周以上了。开始，我体内还有脂肪，还能提供活动需要的能量。可是，后来，我渐渐觉得不行了，身体日渐消瘦，而且经常感到头昏、没劲，整天无精打采，可我一点都不怕，还暗暗高兴，因为节食不仅可以减肥，省下的伙食费还可以买一件好衣服。这种日子过了一段时间，老天，我实在坚持不住了，心里经常想那些好吃的。有一次放学，我去洗脸间，五楼没水，只好到四楼，刚到四楼，就看到楼梯口一块很干净的地上躺着一块黄澄澄的炸馍片。天哪，我当时只想立即把它拾起来吃了。我已经饿了四天。它躺在那里,那么安静,那么宁祥。我看四下里没人，立即弯腰拾起来，把它放到脸盆里用毛巾盖上，然后大摇大摆地到水龙头前，把脏的地方扔了，干净的就给吃了。自从第一次拾吃后，每每我经过楼梯口，都会条件反射似的到处乱看。四月底的一天，终于又遇到了。这一次更加偶然，事实上，我根本还没想好非要吃东西呢。在五楼，我端着脸盆、牙缸去洗漱，看见通风窗口上放了半个馒头，它很白，看不出是硬是软。我看见它，心里有种异样的感觉。我这次很踌躇，故意在五楼、四楼来回地走，后来心一狠，拿起它就往三楼洗脸间。因为三楼是91级，她们不认识我。我大胆地吃。这半个馒头很是可笑，拿她时，手感很硬，可是她里边很软。由于好长时间没有吃过东西，所以吃起来觉得很甜，我嚼得很慢，把淀粉里边的糖全给嚼出来了。吃完了,我刷刷牙,洗洗脸,回五楼睡觉。第二天醒来，觉得头不是多昏了。

我们宿舍的东西，只有在实在坚持不住的情况下，才吃一点点。一次,A的面包放在柜子里,每天放学我都提前上来,偷吃一小块，不敢多吃，害怕她发现。如此，大概合起来吃了小半个,那面包居然长毛发霉了,A把它给扔了。多可惜呀,把毛整干净，照样吃。后来，我还偷偷地吃了一点咸菜、剩馒头，但每次只能吃一口，因为我害怕她们发现。这种拾吃不知还有多长时间，我不想让它结束，感觉在和别人捉迷藏。

又及：这次写信，算上这篇《拾吃记》我给你写了八页纸，你的回复不得低于这个数，否则我们就绝交。1993 年 5 月 29 号，李宛冰。”

“我在这儿和一个女生很对脾气，她叫吴云岚。她个子又高又瘦，我又矮又胖，走在一起非常可笑。她脾气豪爽，我伙食费花完了就蹭她的饭吃。我是在蹭完所有女生的饭之后才发现她的饭最好蹭，只要你把碗伸到她面前，眼巴巴喊一声‘师傅’，就行。我每天早上起不来，打不到热水，都是她帮我打。我们很要好，但你不要吃醋，没有人能走进我心里只属于李大路的地盘。她也爱好写作，你俩可以相互通信，认识一下。6 月 1 号，冰。”

“路路，我现在跟你商量一件‘终身大事’，就是将来我们俩都独身，一辈子不许结婚。你一定很奇怪，我怎么会想起这么一件事。主要是有一天晚上，吴云岚告诉我一个秘密，她有个姑姑，在医院妇产科，一直独身。当时，她讲了一大堆独身的好处，我都听入迷了。这之后，她问我，宛冰，你将来独身吗？她这句话，使我心血澎湃，当即表示以后绝不结婚。小路，你想想，结婚到底能有什么好处？至于独身的好处，等放暑假，见了面我细细告诉你。6月15号，冰。”

“小路，你多久回一次家？我几乎每星期都回去。有一次因为路费花没了，回不去，还在宿舍里哭了一天。前几天我妈来学校看我，医生说我得了植物性厌食症需要治疗。这次妈妈带我回来，会待时间长一点。你写信可以往我家里写。以往我一星期不能回家，都觉得焦躁不安，这次兴许是要待很久，忽然感觉家里变得狭小，又小又旧，家具上都蒙着一层土。走动时，到处都磕磕碰碰，今天我在洗澡间又磕破了头。我妈为了欢迎我回来，给我的房间里摆了一大束色彩俗气的塑料花，我觉得十分难看。她又拿出我小时候最喜欢的玻璃小摆件，里面头并头地坐着两只小猫，这次看到，我打个哆嗦：你想想，一睁开眼，看见两只小猫的干尸，微笑着坐在你枕头边。有时想想真可怕，我好像已经老了。看什么东西都不会觉得特别高兴。9月27日，冰。”

“我又回学校了。跟我妈说要考试。其实是我受不了再待下去。可是到学校也不习惯。考试时每个人都抄，就我不敢，考得很差。现在老师一见我就说：李宛冰，不要再蹉跎岁月了。我觉得学校的生活非常虚伪，恨不能马上退学。1994 年元旦。冰。”

“马上要毕业了。我好像从来没有来过这儿，从来没有学过任何东西。也从来没有见到过我的爸爸。我该回家了，姥爷和我妈为我跑断了腿，也找不到一个单位愿意接收我，妈妈很伤心。你还进行文学创作吗？你总是夸我去年暑假的《茉莉香茶》写得好，随信寄去一本张爱玲小说集，你看完这本书，你也会写得很好的。1994 年 4 月 29 日。冰。”

“小路，不要相信我以往给你写的那些，我都是在伪装。同学们说我：李宛冰可邪性了！这才是真的。1994 年 5 月 19 日，冰。”

3. 少女哪吒

两三年后，夏天的一个早晨，四点来钟，我还在睡觉，听到有人拍我家的大门，狂喊我名字。我想这一定是做梦，想继续睡，可楼下的爸妈也听见了，他们坐起来，跟我一样竖起耳朵。那个声音又喊起来，啪啪地打门，像要把整个沉睡的宝城都喊醒。我感觉像是我认识的人，就爬起来，十万火急地开门，脸也没顾上洗。

是晓冰，我们好长时间没见了，从她回宝城实习以后。但是我总能收到她的信，有时是邮递员送来，有时是以往同学捎来，有时，是从外面一进门，看见一封没贴邮票的信就扔在地上。我习惯了她的信的神出鬼没，像一个随机事件出现在我的生活里，就像有的姑娘习惯了有一个漂泊不定的男朋友一样。

她跟我记忆中的王晓冰是多不一样了啊。她以前总是扎一个马尾，露出饱满的额头，月亮一样皎洁。现在她是短发，被风刮得像草一样蓬乱。她眼睛里那层喜气洋洋的神气不见了，看上去，她并没有在看着我，而像在眺望一个什么远方，像匆匆忙忙急着去一样。她极力想显得平静，跟往常一样，还拿出一袋黄瓜和西红柿，跟我一起吃。我让她到我房间，她拒绝：不，我们就在这儿聊一会儿。我是来跟你告别的。

之前她至少有三封信是抱怨实习的无聊：每天都给人做妇科检查，给妓女点尖锐湿疣。这简直让人发狂。她偷偷参加了自考，考上郑州的一所医科大学。被妈妈发现，把三个舅舅都叫来批斗她，她坐在包围圈中，一句话也不说，阴沉得可怕。妈妈为了给她找工作，花了上万，好容易找得有眉目，她最伤心的是，女儿为什么一定要离开自己，如此无情，像一个仇人。晓冰被关了起来。

天刚亮，天空上堆满灰蓝色的厚厚云朵，像从画册上看到的、刮着暴风雨的大海。我们坐在我家的木头门槛上，上身来回地晃荡，门槛又高又厚，晃来晃去嘎嘎吱吱地响，犹如一条破船。

“我今天就走。”她说。

“学费怎么办？”

“我找了我爸。”

她是前天去的，蹬自行车，那天刮风，她迎着风疯狂蹬了四个小时。P 市是煤矿市，她进屋的时候，头发上衣服上眼睫毛上，全是煤灰。她爸爸很吃惊，赶紧把让她进屋洗脸，她握把的手被风刮得通红。

晓冰洗完脸，在洗手间里镇定了一下，走到客厅。她准备好了所有的话，要跟爸爸说。爸爸会理解她的。爸爸要亲切得多。这时候，从卧室里走出来一个女人，还有一个小男孩，那男孩长得一点也不像爸爸，爸爸高，可是，男孩却又矮又胖……他是她的弟弟。

后来爸爸答应给她第一学期的学费，她明白自己叫他为难了。从爸爸家出来，她站在风地里，哭个不停。

这件事，到底没有保守住秘密，妈妈也知道了。叫来两个舅舅，三个人一起打了她一顿，昨天晚上打的。今天天不亮她就跑出来，什么也没带。她不会再回家。姥爷身体不好，妈妈的日子很难，在宝城，嫁出去的女儿不兴分遗产。妈妈可能要搬出大院子，像宝城最贫贱的少数人一样，住出租屋。她是带着可怖的狂暴的神气打女儿的，像打这世上最凶狠的仇人。

“我现在，真正是个孤儿了。”说这话时，她带着思索的表情，仿佛在思索自己这句话的真正含义，仿佛她饿坏了，全心全意嚼着嘴里唯一的一块馍，要把那馒头里所有的糖分都嚼出来。

她劝我也去考大学，我没吭声。从小到大，我跟她都长颠倒了。晓冰在三好学生乖乖听话的外表下，有着胡思乱想狂暴不羁的东西。我呢，一直是个坏学生，可是内心里我懦弱、怕事，直到二十多岁时，别人一举手，我还下意识地想挡避，总以为要挨打，总想有个权威来领导我，这个权威在初二时是晓冰，后来又换过很多人。

晓冰后来的事情，我是听吴云岚说的。她把吴云岚也鼓动得去了郑州，跟她上一所大学。晓冰一到学校，就急着找兼职，她找到一份在酒吧当服务生的工作，别人都是打车上下班，她骑自行车。去上班时，她总是把化妆品和衣服都塞到一个旅行包里，斜背到肩上，匆匆忙忙地骑过去。有一次是大风天，外面飞沙走石，她心急火燎地赶到，领班斜眼一看，笑起来：你自己去照照镜子，头发像疯子一样，谁还敢让你服务。

我想，这个服务，是什么性质的服务？但我难以启齿去问吴云岚。

她很少在寝室，也很少上课，老师几乎不认识她。她总是在外面擦掉口红，跟同学们说，她在哥哥家吃过了饭，她给自己虚构出一个庞大的家庭，有哥哥、嫂嫂、侄子、爸爸、妈妈、爷爷、奶奶……可在学校，如果不是吴云岚，她就一个可以说话的人也没有。而吴云岚，如果不是在卫校就认识，现在也不会跟她做朋友。“她变得很奇怪，总是心事重重，也不知道她在想些什么。”

很快她离开酒吧，后面两年，她的兼职听上去令人恐惧，在她常去的一家职业介绍所里，她的那一页备注栏写的是：医学院学生，擅长干与死人有关的工作。快毕业时，她在一个丧葬一条龙服务店里工作，给死人化妆。找到这个工作，晓冰很是高兴，因为收入颇高，且没人跟她竞争。吴云岚说，大家开始躲着她，因为……她身上好像老是有股味，挥之不去。“小路，你没有见到现在的宛冰，跟她几年前判若两人。如果说穷，大家都是学生，都没什么钱，如果说为找工作发愁，那谁不发愁？可是她格外不一样，说话声音都变了，有时候给她打电话前我都害怕，那是一个像石头一样硬邦邦的声音，总在赶时间，挂电话就像用刀子切。你劝劝她，让她别那么操心，车到山前必有路，国家不会不管我们的，就算国家不管，还有家里人，她妈妈难道真狠心看着女儿饿死吗？我不相信会有这样的母亲。”

我却明白晓冰。她像哪吒，剔骨还母，彻彻底底自己把自己再生育一回。只是她能力有限，没办法把自己养育得更好。

毕业后，吴云岚回到 P 市，她也跟晓冰一样，曾试图留在郑州，但她俩把自行车都蹬坏了，也找不到一个单位能接收。她回到 P 市，妈妈给她托了门路，进到市第四医院实习。晓冰下落不明。

其实大学期间，晓冰跟我也一直通信。如果只看她的来信，会觉得她的大学生活快乐无比。甚至教材升级，她用刚发到手的钱买本科教材，都觉得愉快。她说，这是她一生中最好的时光。她反复鼓动我也考大学，后来我果然因为一个莫名其妙的原因，到外地上了一个莫名其妙的学校。

吴云岚回 P 市之后，很长时间，我既没有她的信，也接不到晓冰的。我几乎要怀疑，吴云岚也许根本就是晓冰虚构的。一年后，我自己也快毕业的时候，忽然接到晓冰来信。

毕业一年，一直没有给你写信，小路，你还好吗？我现在在石家庄，在一个化妆品公司做美容师。毕业后，所有的同学都回家，最后，连吴云岚也走了，我一个人在郑州待了大半年，暑假还可以住在学校，后来慢慢往最远的地方搬，往最便宜的地方搬。我曾经一个月只花 100 块钱，包括 70 元的房租钱。一块钱就能过一天：买半斤面条，在楼道里顺别人一两棵大葱，放油里煎一煎，煮二两面条，就是一顿好饭。我还能省出来几块钱给手机充钱。我又开始像《拾吃记》里那样生活，看见什么就赶紧捡起来。但无论怎么省，钱还是花完了。

石家庄是个寒冷的城市，十一月份就要穿羽绒服，我在这里住宿舍，跟另一个女孩住一起，宿舍里有暖气，洗澡要到外面。这里的人对我很好，直到现在，我才稍微地缓了过来。他们对我的终身大事都很关心，总给我介绍对象，最近的是一个35岁的中年男子，秃头，有房子，有工作。在大家的天平上，一个外地的二十多岁的临时工，跟一个35岁的秃头但有稳定工作的男人是很般配的。我没什么话说，只是不想得罪人。

她的字草草写在美容产品提货单上，字写得很大，钢笔戳破薄薄纸张，把下面的信纸也洇成蓝色。我替她觉得寒冷，也有些不满：她为什么不去一个好一点的城市？石家庄，听上去就冷冰冰的，为什么不去成都、丽江、洛阳、上海，就连青岛，听上去也比石家庄更令人向往，我们俩已经二十多岁，仍然没见过大海，真是的，为什么不去青岛呢？

再后来，我已经不记得，她是怎么找到我的新地址，给我写信，那时，我像她一样，先是住在学校，然后往郊区搬，往最穷的地方搬，直到找到一个临时工作，两个月后，拖箱子往北京跑，在这一长串分崩离析的搬迁里，我不知道为什么还能收到她的来信，就像我从前在老家时，推开门，总是发现地上不知什么时候，扔了个白信封，没有邮票，皮儿上用水彩笔画着花，云朵，或者鸭子，或者随便什么动物。

“亲爱的小路，上个月我回家了，妈妈手足无措地欢迎我，姥爷还在。为了欢迎我，来了一大家子，他们老问我怎么还不结婚，我不爱听。我到外面逛，我家门口，以前都是农民的地，种着西红柿和黄瓜，我出门时，总是顺手摘几个，带到学校跟你一块吃，又新鲜又解渴。现在地都没了，变成了大马路。我觉得我不认识宝城了，第一天回到家还很高兴，三天后，我感觉每一天都一样，一样沉闷，一样没有变化，一样让人发疯……就像我现在的生活。我又跑回去了。回去，指的是回石家庄。我现在用词很混乱。

“你还记得那个秃头男人吗，别人刚给我介绍时，我想，我该克服恐惧，试着跟男人交往。但现在我决定一辈子独身。独身有独身的好处，我不欠任何人的，任何人也不欠我的，就是我自个儿，像一根棍子、一棵树一样竖在田野里，这样倒干净。我想起在卫校时，我曾经跟吴云岚彼此承诺，一辈子不结婚。她现在好像已经快要生小孩了。你呢？

“最后，告诉你一个秘密，我抽烟了。你千万别生气。高兴时，烦心时，无师自通地就学会了。你别告诉别人。”

晓冰的信里，总是有很多秘密，这最后一行，又让我看到了她的样子，马尾高高扎起，露出鼓鼓的额头，像月亮一样皎洁。一双喜气洋洋的眼睛，说话时喜欢故作神秘，贴在你耳朵边，告诉你一个又一个秘密，最后切切叮嘱：不要告诉别人。

这是我收到的晓冰的最后一封信。

尾声

好几年后，有一次回家过年，那年我30岁，北京的生活刚刚告一段落，我厌倦了文学，厌倦了工作，厌倦了北京，厌倦了混乱不堪的生命本身，我整晚整晚地不睡觉，思考着问题，时常感觉生命就像一根灯绳，禁不住轻轻一拉。那年春节，我提前回了家，宝城沉闷不变的生活节奏，这个时候变得吸引人，像一个柔软的枕头吸引瞌睡的人一样。

宝城的生活跟十年前没有什么两样，只是每个人都变得衰老。对我的长住，爸妈欣喜无比，我每天看书，吃饭，没有人问我：你干吗回来这么早，你还走吗？

烦闷的时候，我独个跑去河堤上散步。那是十二月底，天气冷下来，可还不像春节前后那么酷寒。晴天时走在路上，走热了，还有一点点春天的感觉。不知何时，河堤被砌成水泥城墙，当年的桃树，杏树，梨树，苹果树，都无影无踪。在昔日的乐园处我茫然徘徊，忽想起来，小时候总是偷农民的果子，那些颜色发青的桃和杏子都不能吃，咬开一点皮，舔一下都受不了，都随随便便地扔掉。我应该让它们留在枝头，慢慢长大，成熟，变甜。不知为什么，这点小事一次次兜回我的意识，挥之不去。以前我没有注意，河堤附近，是很宁静的，只有北风肃肃地刮过小树林，以及许多的坟。过了三点钟，阳光刚转薄，空气就冷起来，我走下河堤，慢慢往回走，路过一个岔路时，被迎面一个人叫住：这不是小路吗？！

半天，我才反应过来，是晓冰妈。我犹豫地叫"王老师"，她的头发花白了，没有染，梳得很齐整。穿得还是很整洁，围一个深灰色的大围巾。看上去，她很高兴见到我，非拉我往她家里"坐坐"。我稀里糊涂就跟着去了。

她还住在原来的大院子里，院门重盖过，以前精美的砖雕瓦雕换成高耸的大铁门，两边贴棕色瓷砖。这一带所有的院门都是这样，如果让我一个人再来，一定找不到。

她直接带我上二楼，二楼楼梯从墙根裂起，一直到上面裂出一个大口子，用粗铁丝跟楼上的水泥柱拴在一起，看上去挺危险。楼梯栏杆以前是天蓝色，漆掉处，露出深黑色的铁锈。客厅倒一切如旧，绿沙发还是擦得干干净净，整洁如新，不仔细看，几乎看不出扶手上，搁胳膊肘的地方破了一个洞。就连这个洞，也是我跟晓冰玩闹时戳破的。白色盖布还是整整齐齐地盖在上面，白底儿上钩着硕大的碧绿荷叶。

带我进了这个房间后，她好像完成了任务，也不说话，只是看着我。我尴尬地站起来，走去看书架，那里全是晓冰上初中时的读物、卫校时的课本。这些毫无价值的书全被包上干净的书皮，书脊上写着书名，一本紧一本地站着。

“我知道你跟晓冰很要好，”晓冰妈妈开口了，声音粗粗的，“后来她就不回家了，我也见不着她。”我想，糟糕，她要抱怨。我下意识看看门口。她跟着我的眼光也看看门口，“我不是让你叫她回家看我。她不愿意有她的道理。我都明白……我只想让你跟她说，别不结婚。你们现在年轻，能踢能咬，还体会不到。等老了，还有无数日子得过呢，身边一个人也没有，那是很凄凉的啊。你生病躺在床上，也没人给你递个水，你走不动，你就是真走不动，没人能搀你一把，到时候后悔也来不及。你千万劝劝她，得结婚，人总得有个伴。我给她准备好了所有东西，你进来看。”她力气很大，一下就把我拽到里间。这是一间处女的卧室，空气里有股混合着肥皂味的淡淡香气，好像有个乳臭未干的小姑娘刚刚离开一样。

单人木板床上铺着薄薄的褥子，坐上去硬邦邦的，坐久了屁股硌得慌。很难相信我们曾挤在这上面入睡，并且感觉它宽阔无比。床单是蓝白格子的，枕巾是鹅黄色，到处都一尘不染，只有四面墙壁曾经也是白的，但现在发黄发暗，看到我的视线，晓冰妈妈露出愧疚的神色，她尽力维持，也不能做到完全不变，一切如旧。

她掀开墙边的立柜，里面都是布料。“你看看，这个红颜色，现在找不到这么正的红了，这是给她结婚用的被罩，上面的刺绣是苏州绣娘的手工绣工，现在都是机器做，手感不一样的。布我早就买了，早二十年就买好。还有这一块，平时可以在床边铺一铺，床边老有人坐，容易脏。这种布现在买都买不到，是手工粗布，冬天也不起静电。你看看，”她掀开另一个柜子，表情神秘地说，“我连小孩一岁到三岁的衣裳、兜肚、棉袄还有鞋都做好了，男孩一份，女孩一份，只要她生孩子，什么都是现成的，什么都不用操心。你劝劝她，千万你得劝劝她。”

窗帘是拉开的，窗户朝南，回光反射的太阳蜂蜜般地淌进来，铺满大半个房间，一直到墙跟前才站住脚。房间里一半明亮，一半暮色。那些布料，放了很久也没有褪色，在木柜的深处，苍苍暮色里，散发着丝绸锦缎特有的绮丽光泽，像是那里存着许多奇异珍宝一样。小孩的裤子在最下面，衣服在上面，小鞋子在最上面。鞋面鞋帮绣着图案，女孩绣凤凰，绣牡丹，绣荷花，脚尖还系一个毛茸茸红绣球。男孩绣龙，绣狮子，绣狗，脚尖做成虎头样，威风可爱。它们似乎随时会活过来，自动跳到地上，一排排朝我走来。

我很快就离开宝城，开始另一个阶段的生活。我跟晓冰的联系早已中断，我没法转告她任何事情，而且我自己也仍单身。但那天，我只是点头，一个劲地点头，把托付答应下来。也许我还在盼望，或者哪天，我忽然会收到一封信，晓冰不知从何处得到我的地址，重新给我写信。或者哪天，我回到我现在南方的住处，发现有信从门缝里扔进来，就扔在地上，没贴邮票。12岁时，我们频繁写信，相互许诺：没有人能替代你在我心中的位置。我们跟同龄的女孩子们写这种信，宛如恋人，但并不当真。直到现在，我才发现那一块位置依然空着，好像在等待一封信来把它填满，好像等待一个人的出现，来证明我并不是从石头里蹦出来，生命直接从来北京的24岁开始。我相信我对晓冰的生命，也是这个意义。或者不，我不知道。这都是秘密。

2011年2月22日，绍兴

寻人启事

1. 神经

12 岁时，宝城有一名少年失踪。三年后我初中毕业，还能在电线杆上看到他的寻人启事：赵海鹏，男，13 岁，严重口吃。于 1990 年 3 月（以下残缺）。一张黑白照，邮票大，五官模糊不清。但我能看出来，他穿的是一件蓝色运动衣，领子卷着。他的头发也卷，像绵羊毛。红领巾也卷着，像丝瓜须。他曾是我同桌。

我不能想象结巴的生活。虽然我能想象近视眼的生活、差等生的生活。到青春期，我还能想象胖姑娘的生活。就拿近视来说，你的生活主题就是找眼镜，可是如果不戴上眼镜，你怎么能找到眼镜？更不用提一切体育考试时，要么不戴眼镜考砸，要么戴眼镜把眼镜搞砸。眼镜腿儿断了，可以用绳拴着。镜片碎了就只能换一副——可是，谁敢跟我爸伸手要钱，说，我又要买眼镜？所以，小学最后一年，我戴着右镜片裂了四分之三的眼镜上课，从那样的眼镜里看出去，世界是斜的，还四分五裂着。

近视的生活，意味着你比别人麻烦，也就等于，你比别人倒霉的机会要多。但人们对眼镜迟早会习惯，你最多顶个

“二饼”的外号生活。可是人们永远不会习惯结巴。每次赵海鹏开口，大家都像第一次听见那么欢乐，奇怪的是，赵海鹏也没有习惯笑声。

宝城的孩子，天然能习惯任何事情。宝城家长的口头禅：多个孩子，就是做饭时添碗水。小孩像鸡蛋一样被生出来，啄破蛋壳，穿上哥哥姐姐的衣服，自己跑着跑着就长大了。他们习惯于挨揍，家长的、老师的、同学的。在学校被打破头的孩子，首先哀求大家别告诉他家长。因为那意味着又一顿揍，也许不，谁知道？挨打的意义在于它的非理性，可以因为任何理由挨打时，原因就不再重要。只剩下习惯。小学还没毕业，他们就成了大人，关节粗大，眼睛温顺，像当地的一种土梨，又小又硬又涩。他们善于服从，县里合唱比赛，宝城学校的名次是最好的。教委的老师说，宝城的孩子，连眼神都齐刷刷的！

这是一种线条简单的生活。但如果你不习惯，比如说，你不习惯被嘲笑，你迟早也不能习惯老师的教鞭，不习惯上学。在宝城，一旦你“不习惯”一样，你迟早会不习惯所有一切。

只有极少数的人“不习惯”，他们无一例外，都下场不好。

但在我 12 岁时，我认识的人里，就只有 13 岁的赵海鹏。他的古怪似乎毫无缘由，如果从他爸爸那头看的话。

赵海鹏爸爸常来我家喝酒。他是我爸同事。在宝城，男人间的交情就是一起喝白酒，喝得越醉，交情越好。我已经忘了赵伯伯长什么样，只记得他的衣服。他穿烟草局发的双排扣西装，烟草局一共发了两套，一套咖啡色，一套灰色。他一月份咖啡色，二月份灰色，三月份再咖啡色。赵伯伯见到我，只问三句话：多大了？考试考第几？作业写了没？跟我爸一样。他跟我爸都是瘦高个、穿一样的制服、喝醉了骂同一个领导。我时常觉得，假如他留下来当我爸爸，我也不会发觉的。事实上，宝城大街上的中年人都长得很像，都穿着宽阔的西装，推着黑色的永久自行车，车把上挂一个黑皮革包，包上写着“上海”。自行车后座上夹着几把菠菜一捆大葱，边走边往下抖土。见了我都要摸摸头问我同样的问题，下次见面还是这些问题，也不知道大人的脑子怎么想的，我才 12 岁都记得“多大了”赵伯伯已经问了我一百零八回。每次在街上遇到熟人，爸妈让我叫人，我都想骂人，他们长得都一样啊！我怎么知道谁是谁！

但赵海鹏的妈妈就不一样了。她是神经病，简称神经。这个称呼，是她嫂子跟我妈打麻将时说出来，我妈告诉我爸时，被我听到的。这儿的神经，不是蓬头垢面，走在街上被小孩扔石头的那种，而是说，大家不知道她在想什么，她跟别人都不一样。以前，赵伯伯在我家喝醉了，都是她上门找。她年轻、羞涩、美丽，不像一个“妈妈”倒像一位少女，我们把人事不省、喧哗憨笑的赵伯伯交给她时，她低垂的大眼睛忽然抬起，里头沉沉的光亮一闪，后来我在赵海鹏眼里也见过这种光，当大家取笑他时。再后来，我在一只掉队的濒死的候鸟眼睛里也见过。

关于她被叫做“神经”，我是很多年后才弄明白的，当我结婚，有了自己的孩子，而生活越来越像一匹蘸过水的宽布，捆在人身上，并在烈日下日益收缩。当我的婚姻濒于瓦解，出于一种狂乱的冲动，我想把它毁了，就像剃光头，好让它长出来更好的一茬。我忽然明白了疯妈妈。

我认识赵海鹏那一年，他爸妈在离婚。

2.“你好”

赵海鹏这样的学生，注定在学校里日子不好过。因为男生，要么学习好，老师罩着。要么会打架，没人敢惹。他两头都不靠。唯一优点是不告老师——话说回来，坐在后三排的学生，如果动不动就打报告，那他的日子也是没法过的。他的桌斗里会有死蛤蟆，椅子上会有糨糊，进教室会被一桶水浇到头上。

上课时，他课本下铺一本课外书，安静地看。老师知道他结巴，一般不点他。课间，他也是拿一本书，坐在太阳地里看。

我试图混进人群。但我惊人的笨拙成为所有女生的笑柄。我跳皮筋、踢毽子都不行，跳长绳时，则干脆不敢冲进去，被拇指粗的草绳甩到脸真的很疼。他不合群，我是合不进去。结果都是下课时坐在人群外。他坐在男生区墙根，我在另一头，当中隔着蹦蹦跳跳健康正常的男生女生。其实，我妈是学校老师，我不应该混得这么惨。但我额头好像有一行隐形大字，写着“请来欺负我”。从小学到初中，我总是轻而易举地成为班里最可笑、最笨蛋、最没有朋友的人。不光因为我戴眼镜，我是二饼。时至今日我仍没弄明白，但现在我知道人是有恶意的，这恶意总要去向一个地方，像水往低处流，我就是人群中的洼地。赵海鹏身上也有那行字。说到这里，我好像有一点明白，那或许就是你跟别人不一样。你比别人，更弱小。

他看完一页，会抬起头看看中间那群人，一脸好奇。地上的土被大家荡得老高，经太阳一照，金粉一样好看，这在早上最明显。下午的阳光渐渐灰白，土不再是金粉，而就是土，上课铃响起，我站起来时灰头土脸的。但我还是，一下课跟着人流往外跑。我不愿一个人待在教室。我总在期望有女生会叫我跟她一式，一起丢沙包或者跳绳。虽然这种事情从没发生过。

我们从不对视，有时我看他，他拿的杂志有着花花绿绿的封面，那是他妈妈买的，我们都没有，他很爱惜，从不外借。有时他看我，但视线从不落在一起。我们身上的笑话已经太多，可不想再被人在厕所墙头写上“赵海鹏爱李小路”。

那一学期过了一半，有个初一的男生常找人作弄我，比如派三四个大男生，放学后堵住去路，兴高采烈地喊：李小路！我们老大喜欢你。那男生喜欢我，大概就像喜欢一只猫就揪着猫的尾巴烧一烧。猫的反应，在他看来是可爱的，但猫自己肯定不这么想。女生都躲着我，放学没人愿意跟我一道走。在我们心里，“这种事”是种耻辱。为什么偏偏喜欢你呢？就像说，如果赵海鹏的妈妈没问题，别人为什么叫她“神经”呢？

一天放学，我的书包被抢去搁在男厕所墙头。男厕所对女生来说是种侮辱。我准备接受这侮辱，去拿我的书包。这时，赵海鹏穿过人群，拿下书包，反方向再穿过两排看热闹的人：先是男生，后是女生，然后是我。他把书包递给我：我我我我我我跟你一路走。他一开口，就破坏了这情形中本该有的震慑。大家哄笑起来。

我难受极了，低头向外走。到大男生站立之处，赵海鹏走过来，掏出一张纸向他们晃了晃。他们一起走了，到小巷尽头，揪猫尾巴的男生在那儿。他们说着什么，赵海鹏趴墙上飞快写字，脚边迅速堆满废纸团。

赵海鹏袖筒里常年带一块正方形木板，巴掌大，顶端一个明晃晃的铁夹子，夹白纸。他时常以写代说，但字体潦草难认，这让他总在考试吃亏，否则也不用留级。老师提问，我答不上时，他也会写出来，推给我看。

他们说了好久，像有一堂课那么长。后来他一个人慢慢走出来，写给我：你走吧，他们以后不会再作弄你。的确，那些男生再没有出现，但揪猫尾巴的男生开始亲自出马，有时尾随我一段，有时会冲上来递一张纸条——他也喜欢上了在纸上写字这种形式——上头只不过说：你好！

3. 鸟语

从赵海鹏爷爷家到学校，会经过我家。有段时间，上早自习路过我家，赵海鹏会等一下。我们没有约过，但有他一起，天亮前那段路就不那么可怕。在我小时候，宝城不流行送小孩上学。我从来不知道别人怎么到的学校，似乎那条路上，永远是冬天，早上五点钟，又黑又冷，一个人也没有。只在五年级的最后一学年，这条路曾经出现过赵海鹏。路上我们不说话，一个在街左边，一个在右边。快到时我紧走几步，先进教室。他过一分钟，踩着上课铃进来。

放学我们各走各的。

那是十一月下旬，刚开始冷。一天自习路上，赵海鹏忽然跟我说话，我听到他舌头又钝又重地在泥水中跋涉：你你你你你敢敢敢敢不敢逃学。

干吗？

他横穿马路，手电筒照出他的潦草大字：去河堤。有事。

我犹豫，但我忽然下了决心：好。

宝城有三段河堤。最长的一段，连绵几里，和埋人的南山接在一起。我们从小在上面野跑。但五点半的河堤，是陌生的。果树不再和蔼可亲，挥舞着黑黝黝的手臂，犹如骨瘦如柴的鬼魂。河滩边高大的芦苇，在模糊的天光中，像是丧事中高悬的白幡。我不吭声，虽然很害怕。但，“要讲义气”的想法管住了恐惧。

“看。”他的声音几不可闻。

“啥？”我瞪大眼睛又眯成一条缝，正是天亮前最黑暗时，我听到几声鸟叫，却看不见一只。一切都是静止的，除了我俩。

我正要说“看不见”，他轻轻唱起了歌。

在宝城，每天清晨，南城回民街上，清真寺的阿訇会叫大家做礼拜。那是一种和黑暗浑然一体的声音，长长的颤音，热切浑厚地振动黑夜，像暗中的一根长绳，你攀着它，就能走到一个光明之地。赵海鹏的歌声让我想起这根长绳。只不过他是童声，高亢，明亮，热切。好像为了给歌声壮胆，他握住我的左手。男女生拉手，只有最坏的女生才干得出。可在这黑暗压倒一切的陌生之地，什么都跟白天不同了，我不再是班里最笨的女生，我忽然觉得，人们一本正经地生活的那个白天好可笑啊。赵伯伯喝醉的样子，好可笑啊。在办公室里打麻将的老师们，好可笑啊。学习委员鞋底一般的长下巴，好可笑啊。以为把书包放在男厕所就可以羞辱一个女生的大男孩，好可笑啊。我不禁笑出声来，生平第一次，来自异性的接触让我不觉羞耻。我心里一个声音越来越大：我有朋友了！

现在，陆续有鸟叫响起。它们像是早准备停当，迫不及待齐唱起来，有两道声音异常明亮，每当它们响起，我闭着的眼前，就有白光陡闪，犹如闪电。有时候，鸟儿和他各唱各的，像一大群人，杂沓无序地走在一条宽阔的大路上。陆陆续续，他们走到一块，歌声融在一起，像无数光线和黎明汇合。那条大道闻起来有干燥的草香，有坡度缓缓向上，看不清通向哪儿，我们只是往前走。我左边是赵海鹏，右边是一头灰鹤，肩膀上还停了一只白鹦鹉，我知道这一切都是幻想，但我感到野草的摩擦，毛茸茸地擦着赤足，又输回大脑。赵海鹏轻声说：你看到的一切都是真的。我心头一震。歌声停止。

睁开眼，天色微明，太阳还没出来的世界犹如一幅黑白画，河流是白的，树枝是黑的，天是白的，地是黑的。在我们身边，芦苇穗上、柳树梢上，到处是三三两两鸟类，扑扑棱棱拍打翅膀。只有它们有颜色，这些淡黄或褐色或绿色的鸟类，在巨大的黑白山水间上下纷飞。河滩转弯处，芦苇荡的中心，两只清瘦高大的灰色仙鹤盘旋再三，锐声鹤唳，振翅而去。

这个世界如此陌生。

“鸟语，我不结巴，希望你能学。”他严肃地看我一眼，“当然，这是说，你感兴趣的话。”

4.“你相信有另一个世界吗？”

我们一度逃课很凶。赵海鹏说，鸟只在求偶季唱歌，现在是冬季，对我来说倒简单了，我只用学日常用语。他示范，不用声带，而是用舌尖，振动牙齿、上颚狭小空间中的气流以发声。每种鸟儿都有自己的频率，频率比词汇更难学。他说出求偶二字后，我俩的脸都红了一大片，不知是不是这个原因，我的鸟语一直学得心不在焉，丢三落四。但我渐渐能听懂一点点鸟叫，天空对我开放。不仅如此，我好像走进一个接连不断的魔术空间，我还是在宝城，但这个宝城却闪闪发光，神秘动人。

树木仍然干枯，但黑色枯枝映在碧空，是最好的剪纸师傅也做不出的构图。每一棵树美得都不一样，风一吹，它们缓缓移动，走来走去。我相信我听到过它们欢唱。不只树，不只鸟，那时候我遇到的一切都会唱歌，都有灵魂，都是活的。我俩仿佛吸铁石，把宝城的怪人都吸了出来。一个红球衣流浪汉长年坐城墙根下，屁股下垫一张麻袋。以前我没注意，但现在，我忽然发现他的脸色白皙，他戴眼镜，他永远都在看书，或者抄笔记。我意识到，他可能根本不是一个流浪汉、一个疯子，他是个有故事的人，一个深藏不露的哲学家。还有一次，我们在田野里碰见一个穿红毛衣的6岁小姑娘，一起走了一个下午，我用狗尾巴草为她编织一顶花冠，虽然是冬季，赵海鹏仍采来许多明黄色的野菊花，还有一种长长的草茎，叶子深处隐藏着晶莹的深紫色的花朵，我们一朵一朵镶嵌花冠，最后，红毛衣戴上时，我们惊呆了——那是少年时候见过的最美的人。她说她有个好朋友叫马戏棚。我们想，不可能有人叫马戏棚。第二天在同一个地方，我们遇到一个穿黄毛衣的小男孩，他说，他叫马戏棚。吸铁石发挥到极致，我们走在路上，会有骑自行车的人突然停下来，向我们微笑着说：你俩唱得真好听！

仿佛打开某种开关。逃课的日子，每天都有奇遇，魔法不间断上演，世界好像可以无穷无尽向前延伸，或者说，我们的感官可以无穷无尽延伸，我好像不近视了，能看见枯草里璀璨的紫色的小野花，河滩上白色的芦荻，浇过水的土地是蜂蜜的颜色，上午，河水是淡青色，到了正午，被南山的蓝色映成强烈的蓝，傍晚，河的颜色又缓和下来，成为蛋青色，当中卧着一颗圆圆的红色蛋黄。这一切，都异常鲜明，生动，我永远也不会忘。

但一回到学校、家里，世界就变了回去：碎了的镜片、昏暗的灯泡、永远不变的熬大白菜、写完作业就睡觉的九点钟，还有学校里，永远坐墙根的我和他。光线阴暗的教室。这一切，都熟悉、日常，但是缺少色彩、灰扑扑、不真实。远没有逃课时的世界真实。

我不敢向任何人说起这另一个世界，怕一说出口，它就消失。怕它被人笑话，被证实是我的瞎想。即使跟赵海鹏，我们也不讨论。但他问过我一个问题，李小路，你相信有另一个世界吗？那里面也有我跟你，我们过着完全不一样的生活。

5. 憎恨

到了十二月中旬，逃课缓和下来。候鸟过境完毕。它们的越冬地在南方，长江以南，云南。宝城是个平原，这里留不住它们。赵海鹏蔫下来。

我们逃课很凶，但没惹出什么麻烦。那几年，学校工资发不出来，老师们百无聊赖聚在办公室打麻将，派班干部看管自习课秩序。我们学习委员叫岳晓红，她比老师还厉害，因为我没带作业本，打了我一个耳光。这发生在我第一次逃课的前一天，当着全班人。但我没跟爸妈说。宝城的孩子是善于习惯的。我想，如果每个人都挨上一耳光，我会更习惯。消息还是不胫而走，传到揪猫尾巴的男生那里。我只知道，岳晓红不再管我闲事。

关于这件事，最后一点补充，我被打耳光时，赵海鹏就坐在我旁边，跟我一样，面无表情。我憎恨学校里的所有人，包括他。

赵伯伯来我家，通常拎两样小菜：卤豆腐片、半只烧鸡。永远也不换一换口味。我妈再炒一个热菜，摆一瓶 52 度的宝丰酒。酒场就齐了。这半年，俩人一瓶酒早已不够，每次都要喝一瓶半，或两瓶。即使喝完两瓶酒，也才九点不到。我爸喝多了，是蒙着被子睡觉。赵伯伯喝多了，就满城乱跑。

十二月底的一天，我都要睡了，大门被捶得咚咚响。是赵海鹏。外面零下十度，他爸爸没回家，爷爷怕他倒在哪儿冻死，让孙子出来找。他说得很快，像一串尖利的口哨，这是大山雀的语言放慢了四倍。他手里捏着一张像《大众电影》那么大的白纸，上面用铅笔描黑写着几个大字：我找我爸赵建国。这以前是他妈妈的义务。这之后，他常来捶我们家门。也敲别人家的。醉鬼就有本事跑得谁也找不着。这时候的赵海鹏，既不像逃课时，也不像在学校，他变成了第三个人，陌生、僵硬、明显的羞怯和很深的敌意。他连我也恨。他恨每一个看见他丢脸的人。我猜他最恨的还是他爸爸。

不来我家喝酒时，赵伯伯就坐在家里沙发上发呆。有时我家里来客要喝酒，我爸会让我去叫赵伯伯。我进去时，赵伯伯总坐在沙发上发呆，赵海鹏伏在吃饭桌上写作业，听见我进去也不抬头。桌上堆满没洗的碗、剩饭剩菜（他们家吃的也是熬大白菜）、豆腐乳咸菜抹布。怪不得他的作业本老是油叽叽的，被老师骂。他家跟我家很像，地面是水磨石大方格的，两张单人沙发，一张长条沙发，是烟草局统一做的，在当时的宝城算是高档家具。沙发正对着电视，一台黑白电视放在前面，后面放着一台蒙着藕色电视罩的更大的彩电。我不明白他干吗不看彩电呢。

有时我在窗户外喊赵伯伯，说我爸叫他去喝酒。喊完并不马上就走。他家的窗户又矮又小，我站在街上就能看到屋里。有时卖苹果的拉着架子车吆喝着走过去，赵伯伯像做梦一样冲到外面买一整袋，疼爱地让赵海鹏吃。那些苹果是本地品种，除了袋口的几个，底下每一个都是又小又涩，根本不能吃。低头写作业的赵海鹏不知为啥死也不吃，他越反抗，赵伯伯越凶，几乎是强塞到他嘴里。最后以赵海鹏大哭告终。苹果滚了一地。赵伯伯让他滚。赵海鹏背起书包又住到爷爷家里，路过我时面无表情。

我在街上捡到过赵伯伯。那年快过春节的时候，晚上，我到外面上临睡前最后一次厕所，在男厕所门口的草丛里，他躺在地上，被自行车压着，后轱辘还辚辚打着转。他看见是我，露出一个羞赧的微笑：我喝多了，闺女。他在散发尿骚的草堆里摸了半晌，只找到一只耳暖。戴上一只黑色耳暖的赵伯伯，像《黑猫警长》里的“一只耳”。他挺直腰板，滑行几步，骑上车。先骑到街的右边，又猛拐至最左边，像佐罗刻划的巨大的“Z”字。好像他开的是一条船，航行在狂风暴雨的大海上。

赵海鹏瘦得越来越像只野猫，衣服越来越破，领子越来越像丝瓜须。衣服脏了，他用肥皂洗，也不肯回家用洗衣机。我问他为什么不回家，他就发出麻雀开会时极为嘈杂的声音，表明他不愿跟我说话。他还会突然发出尖锐的长音，像一根黑铁丝从天空直戳下来。这是猛禽到来时大山雀的警报。

进入深冬。一天早自习，赵海鹏穿着一件墨绿色绣花大袄来学校。进教室时一阵哄笑。那显然是他奶奶的棉袄。他眼光闪动，又垂下眼睛。他和他妈妈有相似的眼神，敏感，痛苦，羞耻，暴烈。后来他上学就拎一个尼龙兜，装着袄，进教室就放到桌斗里。那个冬天，他只穿一件白毛衣，妈妈织的，肚子上绣着一只仙鹤。

但赵海鹏有了一头大鸟。那是一只全身散发金属光泽的黑鸟，头顶有几根长长羽毛，当我提到它时，羽毛会陡然竖立，似乎知道我在说它。没人时，大鸟会落到他肩上，还会挥翅打他的后脑勺。我们上课时，它在周围农田找食吃。快放学时，它在高空盘旋等待。

赵海鹏几乎不跟人说话。必须说时，就写在纸上：是、不是、好，不好。他对我也不多理睬，大部分时间，他都歪头跟肩头大鸟咕咕唧唧。大鸟不在时，他就对着空气咕咕唧唧。关于他有病的传言在学校里传开。所有人都知道，他妈妈也是神经。神经病是会遗传的，大家深信不疑。

现在，只在河堤上，赵海鹏才视我为同类。冬天的河堤，萧瑟寒冷。北风吹过树叶褪光的干树枝，发出的声音犹如鬼哭。冬天的河堤空无一人，我们跺着脚等待，偶尔有一两只掉队的、迷路的候鸟经过，跟我们聊天。宝城的河流，从嵩山发源，流经十几个市县，于安徽境内汇入黄河。大山大川，从来都是鸟类迁徙的通道。小小宝城也有一站，就是河堤。赵海鹏时常神往地说起，在黄河三角洲，冬天有千万只鸟儿过冬，日出时，上万只鸟儿一齐飞入天空，铺天盖地。而他非但不能去看，甚至连一支望远镜也没有。

那些日子，所有的愿望都被推迟。我需要一副眼镜。他要一支望远镜。我妈妈想买一件新棉袄。他妈妈想跟另一个男人结婚。听到我妈要买棉袄，我爸怒吼。那是1989年，所有东西都贵得不可思议，我爸托人找商业局局长写了条子，才在百货大楼买到彩电，两千六百块，花光我家积蓄还欠下巨债。彩电刚到家就坏了。《新闻联播》播音员的脸痛苦地扭曲，像浸了水。询问之下，如果换显像管，要花三百多。新彩电被推到桌子后面，罩上白色钩花的电视机罩。前面放上我们的黑白旧电视，我爸咕哝说，还是黑白的看着好，显像质量好。我突然想起赵伯伯家里的两台电视，不知为何狂笑起来。我爸正没好气，揍得我哇哇大哭。挨揍看上去没有规律：因为我爸心情不好、因为他喝多了、因为老师告状、因为我得意忘形地大笑，因为我太“张狂”需要修理；但其实仍然有规律可言：未经批准的笑及不被允许的哭都要挨揍。我笑的时候他们要把我整哭。我哭的时候，他们说：不准哭。

那天中午，我该上学了，却哭得找不到自己的眼镜，不得不请我爸帮我找，这是整件事情中最让我伤心的。

我仍旧戴着碎了四分之三的眼镜上课。世界依然倾斜。赵海鹏仍然没有望远镜。他的手上长满冻疮，因为他总待在风大的河堤。赵伯伯还是常来我家，一喝就醉。我妈只能穿旧棉袄过年。她一整个春节都郁郁寡欢。

在这一片大面积的延迟等待里，只有赵海鹏的妈妈有所行动。她搬出去，离了婚，她等待的另一个人却不行动。于是她疯了。开始在宝城的大街上徘徊，系红色绣花纱巾，面带神秘微笑。她尽量保持面容和衣服的整洁，但春节期间，每个看到她的人都知道，她神经了。

宝城人据说是典型的中国人，他们有相似的小眼睛，黄皮肤。但赵海鹏和他妈妈，却皮肤白皙，浓眉深目。兴许就是这一点外貌上的不一样，导致了他们的坏下场。他们总想追求一些不一样、不现实的东西，超出了宝城所能给的范围。

街上的疯子，就像垃圾，在长久堆放后总会莫名其妙地消失。新年后，再开学时，她已不见。他妈妈没疯的时候，我妈常跟我爸嘀嘀咕咕地讲她，也并不避讳我。她真的疯了，这件事变成类似传染病的东西，不能给小孩子听见。关于她的事，我也是在多年后，问了很多人才拼凑起来。而地图的最后一块，她到底去哪儿了，仍然残缺。有人说她被接回娘家，在很远的地方。有人说她失足掉下南山，摔死山下……

南山并不高，只有四百多米。我们春游常常去。山底下是烈士陵园。山腰有许多坟地。只有初中生才有资格到山顶春游。但五年级时，我和赵海鹏已经到过山顶，那只不过是一块草坪，还有一片布满灰尘的松树林。林中到处是垃圾：罐头瓶、汽水瓶、卫生纸、软塌塌的气球套、许许多多大便。山的另一侧被挖掘机切空，南山岩石是赭红色，小有名气，被大量开采远销外地。出松树林就是绝壁。但一般人不去那儿，因为树林里，大便实在太多。

6. 候鸟

开学第一天，我几乎没认出赵海鹏。他还穿着那件白毛衣（已变成铁灰色），套在他身上，像雨衣挂在钉子上。他瘦得吓人，眼睛更大，颧骨变高，下巴削尖，头发蓬松张开，像极一只野鸟。体育课跑一百米前，他脱掉毛衣，里头一件蓝色运动衣，肩胛骨高高凸起，犹如一对翅膀。

他不理我。他现在什么话包括鸟语都不再说，只是点头，摇头，表示态度。好在，他也没有必需说话的场合。老师不点他答题。从前欺负他的男生，都躲得远远。一个人本身已经倒了大霉的时候，别人就会在他身边留出足够空白，这距离是正常人对可怖之物的敬畏。

赵伯伯不再到我家喝酒。据说是因为，他喝完酒常用我家电话打长途（打给疯妈妈的娘家？），打了很多电话费，两人因此反目。大人们的友谊多么庸俗。我暗暗想道，我们绝不如此。我们的友谊要坚固得多。可是赵海鹏不再理我，我没有朋友了。

我开始一个人往河堤上跑。天气变得暖和，空中陆续又有北飞候鸟，它们要飞过长江、黄河，飞过中原，飞过东北平原，飞到西伯利亚。候鸟是我少年之时，见过的最远的生物，远远超出我想象力所能及。最先经过的是猛禽，它们总是单个出现。紧接着是大雁和天鹅，大天鹅飞得比火车还快，赵海鹏说它们攒着劲飞，一天一夜就能飞到西伯利亚。它一天就能飞到国外，而我一辈子也去不了。在鸟类鸡蛋大的脑袋里，有着神乎其神的记忆力，它们记得去年的窝，记得飞过的河流山川，记得万里飞行路上哪些地方曾经栖息可以饮水。它们当中，飞长途线路的，到终点能瘦一半。“只有留鸟才有大胖子。”赵海鹏用轻蔑的口气谈论鸽子、乌鸦与麻雀。

许多鸟背部呈黑色，腹部是黄色或棕红色，俯看它们，与屋顶土地，浑然一体，而当它们高踞树梢，整个就像一片淡黄的叶子，尾巴轻颤仿佛树叶在风中微晃。猫头鹰是黑色的，因为它晚上出来。只有猛禽才敢于通体漆黑，于白天出现，因为它们在空中没有对手。这些设计，如此精巧，比部分鸟类的飞行高度超过九千米、能够飞越喜马拉雅山的设计还令人入迷。不可能没有设计。不可能没有老天爷。这就更令人沮丧。为什么老天爷创造宝城时，显得如此麻木冷漠。

我找到捷径通到南山山顶。路上有两棵枯树，二月份时，枯树开花，小小的黄色花瓣，不起眼却香极了。每次走过那两棵野腊梅，都像通过一道暗香浮动的隐形的门。三月里一天，刚走过这道门就看到赵海鹏。他斜躺在松树林外面那块红色的大石头上，稀薄余晖，匆忙潦草地裹住山头。

我们争着告诉对方，自己这两个月的行踪，都看到了哪些鸟。还将有更多的鸟来临，因为现在正是迁徙高峰。他的肩膀上没有那只黑色大鸟。我问它哪儿去了。赵海鹏垂下眼睛。半晌，他从书包里掏出一个土黄色的眼镜盒。里头是一副眼镜，我戴了戴，大小刚合适。边框是我喜欢的深蓝色，玳瑁质地，轻得仿佛没有重量。“春节时就买了。一直没有机会送给你。”

他没看我，断断续续地解释，我的眼镜该换了。老戴坏的，视力会越来越差。我只问了一个问题，哪儿来的钱？

他停一下：我把大鸟卖了。卖给收野生飞禽的人。卖了二十块钱。

山谷里一直有声音，类似野猫叫唤。赵海鹏昂起头，模仿着叫了几声：咿——呀，咿——呀，尾音拉长，像受伤的猫。三只大鸟立刻滑翔而至，在空中交错飞行、变换队形的身姿美不可言。它们分散而飞，两只向东而去。我们头顶那只，飞得极低，我看见它的眼神，锐利如锥，盯住我们仿佛在问：这是什么？这人类之外的接触，如此陌生辽阔，不可思议。

另外两只老鹰盘旋而回，三鹰结队，飞入暮色。赵海鹏轻轻地说：你有没有看见它的眼神？它以为我是它的同类。我不敢再叫。我害怕让它们失望。它看见我了！

我忽然发现，他没有结巴。

明天早自习，还来这儿。有要紧事。他没有发现自己已不结巴，说完就走了。

7. 还有别的地方，还有别的生活

第二天我到底有没有去，我自己都不知道。头天晚上，因为被山风吹着，我发起烧来。第二天的早自习，我爸让我不用去。但我自己有印象，我五点钟急急爬起来，裹得严严实实地往山上跑。

穿过香门，薄有天光，赵海鹏站在那儿等我，他的肩头站着那只黑色大鸟。看着我目瞪口呆，他笑了:这叫放鸽子。我跟坏人学的。我意识到,这是赵海鹏第一次笑。他笑起来，嘴唇收紧，下巴更尖，跟他肩上的大鸟形如弟兄。大鸟激动烦躁地在他肩头踱来踱去，头上长羽神经质地时而竖立，时而放倒。

接下来，赵海鹏严肃起来，我要告诉你一个秘密。

宝城已被邪恶外星人控制，他要离开这里，另找故乡。

不等我从震惊中恢复，他一挥手：这些鸟儿什么地方都去过，它们知道，还有别的地方，还有别的生活。只要你飞得够远。

那那那你妈妈呢？我结结巴巴地问。

我会先找到我妈，带她一起走。

那你爸呢？

他已被外星人控制。赵海鹏看着我，眼神冷静：你不觉得，宝城人都很奇怪吗？你不觉得，你跟他们不一样吗？一起走吧。我看得出来，你还没有被外星人控制，你是真的。

电光石火间，我忽然醒悟：他疯了。疯狂这种事，原来真的会遗传。我悄悄向后退一步。

他锐利地扫我一眼，点点头。“那也好。我自己走了。你保重。”

电视上，演到这种生离死别，总会有点什么仪式，如果在古代就双双跪下，相对长拜。比如外国人，这时候就会紧紧拥抱。但我跟我少年时最重要的一个朋友，在这个关头什么也没做，连手也没握一下。

他转身，跑开。他跑得极快，赵海鹏的百米全校第一。几乎是一瞬间他就到了山崖。我忽然害怕，用尽全力喊他名字。他并不停步，而是更快地冲了出去。冲出树林。冲出山壁。冲进空气。我像被重物击中大脑。一片空白前我看到一群黑色大鸟像一张黑色地毯，接住他冉冉远去。

不记得是怎么回到家的，我在自己的床上醒来，第二天下午。我妈说我发高烧到四十度。医生给我打了四针。我看着床头对我露出陌生微笑的父母，忽然打个寒战：也许他们真的已经被外星人控制。

但也许这些，都是我高烧中的幻觉。事实只不过是，赵海鹏在那天清晨离家出走。

我病了很长时间，可以上学时，我转了学。离开了揪猫尾巴的男生、打我耳光的学习委员，还有我失踪同桌留下的空位。那里总是空着，像缺了一颗牙的牙龈。除了我，没人还记得他。宝城总是这样轻易地吐出“不习惯”它的异类，像酒鬼吐出胃中赘物。再后来，我也忘了他们，我忘了鸟的语言，连最简单的麻雀的语言也不再能听懂。天空重新对我关闭，空无一物。对我关闭的，还有另一个世界。城墙根下的那个红球衣哲学家，当我试图靠近他，跟他聊天，他冲我龇牙低吼，他的脸不像我想象中的干净，而是一种脏脏的月白色，他甚至说不成一个句子，只会低吼，他只是一个疯癫的流浪汉。河堤上，到了春天又开满了白色梨花，但我视而不见，我开始为成绩而焦虑。我 13 岁，我长大了。也不再有人在我身边停下自行车，冲我笑，说我唱歌好听。我仔细辨认，也认不出谁是那个人。宝城街上的中年人，又变得一模一样，都很像我爸，又都很陌生了。这时“外星人”的说法就没那么荒唐可笑，我有点后悔没跟赵海鹏一起走。

忘记说了，赵海鹏失踪后，很多人很快忘了他，但赵伯伯从来没忘。他没有再结婚，成为宝城第一批“内退”的职工。他没改掉喝酒的习惯，不跟我爸喝后，他投奔别的酒友，比他更穷的、不会嫌弃他的，他们大塑料桶买散装白酒，喝得很凶。一年春节，他喝到假酒，胃出血，没过完春节就死了。单凭这个，我也肯定他没有被邪恶的外星人控制，因为，外星人不会为失去一个孩子失去理智，外星人一定会好好利用自己控制的人类躯体，让他健康快乐地活到 80 岁。

但这些，都来不及告诉赵海鹏了。

今年冬天，我到云南大理过冬，住在苍山脚下。这里有许多鸟，清晨或雨后，它们叫得很大声。这些鸟，都只比我大拇指胖一点点。我蓦然想起有个人说过，只有留鸟才有大胖子。候鸟都瘦。

有天傍晚，我到阳台收被子。下午时，苍山那边常有模模糊糊的长声猫叫。我一边收被子，一边兴起模仿，叫了三声。叫声未落，我头顶高空出现几只黑色大鸟，翅膀张开可久久不动。这是只有大型猛禽才有的威严。我又叫了一声，模糊想起，这样的事情曾经发生。它们四下散开，有一只飞到我头顶，缓缓盘旋降落，明显在寻找什么。被陌生物种在天上寻觅的感觉如此特别，我满嘴苦涩。

头顶的鸟，近得可以看清它的眼神，它锐利地盯住我，似乎在问：这究竟是什么东西？这眼神犹如陨石，重重砸在我的脸上。我用尽全力再次大叫，咿——呀，咿——呀，就像赵海鹏冲出山崖时我叫他的名字。现在我想起了一切。少年时的朋友，他痛苦敏感眼神，我挨的耳光，碎了四分之三的世界。

那只大鸟，在我头顶，静静盘旋了两分多钟。太阳已落，是归巢之时。它再三盘旋，直到同伴在已变得黝黑模糊的苍山阴影中长声呼唤，它才振翅离开，边飞边喊：咿——呀，咿——呀。声音凄厉，犹如受伤野猫。我再三应和，它没有再回来。

之后的冬天，我再也没见过这些大鸟。

2011 年 11 月 30 日，苍山下

2015 年 3 月 10 日，北京

所有失败的鱼

1. 远行

后来，小美总在信里说起那次远行。

那年夏天总下雨，裤子挂墙上，拿下来时长满绿毛。吉他怕潮，放在衣柜顶上，用做衣服裁剩下的一块绿色棉布盖住，每晚临睡前，小美站在床上，用食指肚蹭一下最粗的弦，“嗡”一声，如敲铜钟，震颤不绝。小红则从不碰它。

暑假第十天终于放晴，她俩出门拜师。出城后开始颠簸，这是 1994 年，乡下还不通柏油路，连日大雨，泡软了硬壳，现在她们在上面走的，是一条你很难称之为“路”但仍然在行使“路”的职责的、软绵绵、皱巴巴的东西。各种车轱辘把自己的形状与尺寸留在上面，太阳晒干了凸出的、揉稠了的稀泥巴，将道路变成无穷沟壑。电三轮上，她俩互相听到对方的牙齿被震得咯咯直响。

三轮车停在一块凹地，前面两边都是鱼塘，连日大雨，水面上涨，原先是路的地方，白鲢鱼悠然来往。走不了了，结完账，三轮车掉头而去。

小美和小红都是我大舅的女儿，姐姐大名孙卫红，那年

19，短发，穿白背心，黑短裤。她的衣服都是自己做的，她蹬缝纫机的速度不比街上那个瘸腿女裁缝慢。小美学名孙英美，16岁，长头发，穿红色连衣裙，她的衣服也是小红做的。姐姐单眼皮，眼睛黑白分明，孤僻寡言。妹妹双眼皮，瞳孔泛着不可思议的碧绿色（但联系我大舅的浓密络腮胡，我想我妈他们家祖上有胡人血统也未可知），豪放热情。

除了会做衣服，亲戚们对不吭声的姐姐就什么也不知道了。我跟小美是死党，我大舅更喜欢她。

小美拗一根树枝探探水深，一米多长的树枝探不到底。她开始后悔买了那把吉他。那不是五十块钱一把的红棉，而是邻居哥哥的传家宝。他跟父亲出外打工，临走问她想不想要一把吉他。那把吉他，音孔里写着西班牙1910，旋钮是象牙做的，薄得透明，白如玉。它的味道闻上去，像走到一间堆满刨花的木匠屋里。这是父亲的，从小不准碰碰一下就揍，到现在都不知道怎么调弦有什么用。你要吗两百块。

孙小美买了一把吉他，可她不会弹。

1994年的吕城，谁也不认识一个会弹吉他的人。明明几年前，满大街上还都是。虽然家境并不拮据——我大舅开布厂，看到小美两百块钱买一把生锈的吉他，他的口气仍然有点重：你要是想学电脑，花多少钱我都给你买。你看现在谁还学吉他。她不死心，问一圈，听说堂哥在 80 年代弹过吉他。已是科长的堂哥，看到她背着吉他出现，惊讶而迷惑：你还不如让我给你找个工作，学这有啥用？那天傍晚，小美背着吉他走出堂哥家，觉得无路可去。

那一年，孙小红卫校毕业没工作，在家混饭。小美初中毕业，大舅说干脆别上学了到厂子管账。他跟我爸有次喝酒到深夜，红了眼睛说他希望俩闺女都能招上门女婿跟他一块儿干，生意不错，可惜没个儿子。那年我也初中毕业，我爸想让我念水利技校，而我哪儿也不想去，只想当一名隐士作家。我和小美通信，互诉不幸。小美想读技校，因为这样能离开家。她奇怪我怎么不想去。

小美开始后悔。她一向被父亲宠爱，因为这把吉他，他看自己的眼神变得严厉。大舅生于 1956 年，比我妈小两岁。三四岁时，他记事后第一个印象就是跟我妈在街上找吃的：站在饭馆门口，看到有人吃完就挤过去舔空碗。他得推开所有小孩才能舔到足够的空碗。他对俩女儿很大方，但对自己和我妗子，克扣到让人难堪。大妗洗头多用一壶热水他都要跺脚大叫，气得满脸通红。做生意后，家里装了淋浴，妗子洗澡时他就站在门外，侧着头听，超过五分钟他会大声念叨直到她匆匆洗完。他只对小美发过一次脾气，是她 5 岁时不好好吃饭，我大舅忽然涨红脸，一巴掌把粥碗打掉，不吃拉倒，大舅大吼。她吓得哭都哭不出来，嘴唇都憋紫了。这都是孙小美告诉我的，不然我怎么想得到？三个舅舅中，大舅给压岁钱是最慷慨的，对我们也最温和。他从不高声大腔，跟人有争执时，他宁肯退让，好像本能觉得脸红脖子粗不美——年轻时，我的大舅是一个斯文有礼的美男子。

这时，小美看见姐姐半靠着一棵湿漉漉发黑的白杨树，脱衣服。背紧张弓起，像一只看见老鼠的猫。脱鞋袜、脱短裤、脱背心，现在，她身上只剩下自己做的白胸罩、白内裤，它们略显松弛地挂在她光滑紧绷的皮肤上。然后，她用塑料布反复包裹吉他。那把琴，小美闭上眼就能看见，音孔周围花纹像阴天望出去的万花筒，灰蒙蒙的彩色斑斓。箱体里的商标像一只眼又像一条鱼，跟刚刚哗啦一声、跳出水面不见的那条红鱼一模一样。她喜欢最粗的弦，拇指拨动，箱体发生震动，琴背板后的胸口如被海浪粗重拍打，人的腔体此刻成为一口井，琴声共鸣，游走其中。这震动让她第一次意识到自己的身体，那是一种有形且独立的存在。她不知道她姐姐对这琴是怎么想的，根本不碰它，却又陪她一道来拜师。

孙小红包好吉他，把它和衣服裹一起，用胶布封紧。现在，这把琴犹如一只巨大的白色蚕蛹，被她顶在头上。脚探进浑水时她深吸一口气。太阳时有时无，她的身体时明时暗。有鱼轻触她脚踝，发现这不是一条鱼又掉头走开。左边是四大家鱼，右边也是。左边的鱼苗大一些，右边小一些。路又能走了以后，两家鱼塘主人将为此争吵不休，但现在它们只是自由地串门。

水没到胸罩时，小红犹豫了一会儿，然后，她俯下身去，水塘晃荡两下，像吞掉一条鱼一样把她吞了进去，站立之处只剩涟漪。大包裹犹如独立获得生命，缓慢、坚定地向前推进。那片水比她们想象中要大，中途，她换了几次气，从小美站立处看，姐姐破水而出时犹如一头光溜溜的水怪。上岸后两人已经隔得很远了，只模模糊糊看到她的白色内衣，还有蚕蛹般的包裹。几分钟后，人也罢包裹也罢统统变成一个小白点，继而，小白点也消失在雨后庄稼地的绿茫茫里。

2. 吕城

姥娘去世后，我就很少回吕城了。

吕城以小商品批发出名，主要卖塑料袋、编织袋、假包假皮鞋假皮带、塑料打火机，在小孩眼里，这些塑料一点意思也没有。女人们一边拿计算器噼里啪啦算账一边掀起怀喂奶。再大一点的孩子，三三两两坐在街上玩泥巴，吃饭时奔回妈妈身边，开一瓶黄桃罐头或鹌鹑蛋，管饱。孙卫红孙英美都是这样长大的。

夜里，电压不足的昏灯瞎火下，大人们皱眉点着一把把碎钞，面值相同的纸币各自扎一捆，硬币用白纸扎成一条条圆滚滚的长棍，十块钱一棍。只有钱的归属，是干净利索、有条理的。其余一切，总有一种暂时的气息，好像是朝什么地方奔去的半路上，直到如今。

2012年春节，三舅小儿子结婚，我和我妈一道回去。

我妈对三舅家的新麻将桌赞不绝口：实心红木家具，四角有茶杯托、每人还有个小抽屉放钱。为了看得更清楚，舅舅扯过来一只一百瓦的大灯泡，浴霸般强光下，大家坐下开打。

我退回里屋，家具都是新的，但是很冷。昏暗灯光下，我在枕头下面找到一本书，这是这栋三层楼里唯一的一本书，没有封面，前面缺了五十多页，残存的书页油渍卷边，像被老光棍蹂躏过的女人。我仔细端详，发现那是我初中来吕城过暑假，落在这里的《射雕英雄传》。我带来时还有封皮，也没有缺页。我放下书，揣着手来回走。我又像小时候跟我娘来过春节，一个人在里屋凄惨地等待天黑。在吕城，天黑显得极为宝贵，因为天黑就可以睡觉。这是一种稠得搅不动的时光，所有东西都被冻上，像零下四十度时赤手摸钢管，然后一筹莫展地被它黏住。内在时间被无休止拉长，事物纷纷崩塌变形，近乎停滞的荒凉。这是适合中年人与老年人的节奏，在这样的黏稠中，衰老也被放缓慢了。只有青春备受煎熬。

我给浴霸下人们的圆圈倒茶，说我出去转转。

收摊后的吕城，像刚有一群败兵经过。到处都是白色塑料袋，随寒风肃肃尖啸。行人寥寥，只有几个少年，点燃鞭炮往马路中间的行人身上扔，行人的尖叫和少年的呼啸是街上仅有的生气。90年代，这里一度欣欣向荣，舅舅们生意做得比较大，纷纷盖房，街上走的人也较为意气风发。三舅打麻将时叹气生意不好做，税却更重了。要结婚的儿子没工作，在他的网吧当管理员。他女朋友也没工作，帮卖服装的父母进货。

路灯亮起，侧巷走出一个女人，洗得发白的牛仔裤，三排扣的墨绿色大衣，墨绿色毛线帽。猛一看她的衣服都旧旧的破破的，但这街上恐怕只有我知道她的破靴子是马丁靴。打量的工夫她走近了，更分明地看到她画着浓妆的脸、极黑的眼线、红嘴唇。她从陋巷走出，踏塑料袋而行，却昂首阔步犹如女王。我猛然意识到她就是我大表姐，孙卫红。她19岁出走，之后我大舅拒绝提她。听说她在酒吧唱歌，这是一种超出吕城或宝城人想象力及认可范围的职业，类似于外星人。

“小红姐，”我不知道说什么，我们已经快二十年没见，“中午吃饭咋没见你？”

“我住宾馆。家里太冷了。”她用普通话回答我，像拒绝又像傲慢。而她的声音像砂轮，涩涩地磨过我的耳膜，我想起小时候在砂轮上磨铅笔磨到手指时的轻微痛感。

天一黑，外头就站不住了，“你不进来坐吗？”果然，她笑笑没说话。我们站一起，我得以仔细端详她：帽子底下，淡黄色的头发，一卷卷簇拥着她叛逆少女般的面容。我回去时，她继续沿街溜达，远远听到街边少年冲她吹口哨。她更尖利地吹回去。一片笑声。他们绝对猜不到她已经38岁。

回屋时，麻将换人了，妗子站起来，换成一个穿红色条纹POLO衫的男人，旁边站的可不就是孙小美。

路灯下一闪而过的孙卫红像道强光，之后再看别的东西都黯然失色。我失神良久，才把瞳孔焦点对准。小美剪掉长发，代之以近年较流行的赫本头，烫染成酒红色。穿黑色貂皮短外套、黑短裙、咖啡色打底裤、及膝长靴。同桌的一位工商局的表姐也穿这么一身，但浴霸一照，小美的质地明显要好很多。她的皮肤，显然用了昂贵化妆品在保养，像浴室里的瓷砖一样白皙光滑，闪着高光。她文过又洗掉的眼线、唇线，在眼睛嘴唇边留下淡淡痕迹，像素描画错了，擦掉再来后的重影。文过的眉毛微微发褐。这是一个精力过剩的人，在县城范围里，她赶上了所有时髦，从未落下。她给我介绍：我老公。向 POLO 衫男人一指我：我最好的朋友。我们客气地互相点头。陪站一会儿，我尽量不引人注意地回到里屋。孙小美跟进来，一眼看到我丢在床上的卡佛，拿到灯下仔细看了会儿，半晌，轻轻说，看不懂。我们并排坐在床上，天黑了，我们已不能像童年时出去疯跑。

“我是来看你的。”我说。

她抽出一支黑帝豪敬我，看我摇头，微微诧异说：“我以为大城市女人都抽烟的。”她给自己点了根，深吸一口。我伸出手：看你抽，我也想了。

我们并排坐着，她剪开一个空矿泉水瓶，当烟灰缸。

她没问我这些年过得咋样。我也没问她的。她结婚时我没回来，后来她的信越来越少，2000年后就完全没有了。

好像我坐四十分钟汽车半小时蹦蹦，冲风冒雪，就为了来跟她一起坐着不吭声地抽烟。

她左手夹烟，右手两根手指又翻翻卡佛："你现在还看书？"

"嗯。也看得少了。"

"听大姑说，你是作家了？"

"嗨，瞎写。"

"写书能挣钱吗？"

"能。"

"一本能挣多少？"

"不一样吧。像我这样，一两万,三四万都有。"

"多久能写一本书？"

"那没准。我上一本，用了四五年。"

她顿了顿："这够你生活吗？"

"不够。所以还得上班。"

"上班能挣多少？"

"我现在没上班。"

她转头凝视我。她的瞳孔不再是匪夷所思的绿色，而就是成年人的颜色，比一般人更锐利，那种若有所思的锐利，我曾在一些有钱人眼睛里看到过。

“我看见小红姐了。”我说。

“哦。我们前儿一起在外头吃了饭。我爸还是不待见她。谁也不知道她在外头到底干啥。我爸看不惯她穿的衣服，她化的妆，觉得她丢人。他俩还是一照头就吵，都快二十年没见了。”

“她一直没回来过？”

“最早两年，怀小孩时回来过，我爸气得脑出血发作。别看我爸平常温和，拧起来谁也不认。他说，就当只生我一个孩子。要是我也不听话，就都滚蛋，他一个人过。他有钱，还怕找不到伺候他的人。”她沉默一下，“这话连我也骂在里头了。敢情我们这么多年跟他一起住，就是图他的钱呢。”

她欲言又止地看着我：“你有没有觉得她，怪？”

“怪？”

又过一会儿，她用食指敲敲脑袋。

“不觉得。她好看，走在街上所有人都回头看她。”我声音变大了。

她看看时间：“唉哟，孩子该睡觉了，俺娘可哄不好。”她有俩孩子，大女儿上寄宿中学，小的是男孩，叫孙瑞福，刚四岁。“今儿晚了，明儿我把他带出来给你玩。”

我来吕城，是为了见孙小美。少年时她是我在吕城被冻住时光中的唯一救星。

我买书，恨不能一套书拆成三回买。孙小美从不如此。她听我说《堂吉诃德》好看，当场拍钱在柜台：给我拿一套。她也示范我如何偷书：最重要是准备好足够的钱，这样你就不会怯。别东张西望看别人是不是在看你，那样别人就一定在看你。先买两本，你在里头磨蹭就很正常。最后，该下手时就下手，别犹豫。

她买书送我，偷的留下自己看。

不见面时，她疯狂写信。孙小美的信极有规律：每周一封，每封十张纸。她的信像她豪放外表下的第二人格：一个多愁善感的少女，悲叹身世，不能生活在更有趣的大城市，她能做的只有永远别结婚，别跟身边那些人一样！他们除了做生意就是打麻将，生命不该如此！她的信里充满惊叹号，笔锋戳破纸背，洇到下一张纸。

信里有时夹一片透明的蝉翼。那是“今年夏天捕到的第一只刚褪壳的蝉的翅膀。我看着它褪壳，蹲了五个小时，再站起来天旋地转”。

3. 失败的鱼

临睡觉时，小美打来电话，小红让我到泰山宾馆找她。

宾馆很近，房间里有一台电脑，两张床。青灰水泥地。这显然是80年代的招待所转世。“今晚你就睡这儿吧。至少有空调。”小红站在落地灯前，手里拿一面小镜子，在卸妆。意外地，她洗干净的脸也稚如少女。我不由说：你可真年轻。她抿嘴一笑，绕床过来，她走得很轻盈，但勇猛地绊到了电源线，小镜子掉在地上，摔成了蜘蛛网。她把它们踢到一边，继续轻盈地朝我走来，到跟前，女王般伸出两只手。我茫然接住。她的手较一般女人的大，手背上青筋高鼓，像雨后蚯蚓乱爬。左手除了大拇指，每个指头肚上都有老茧，又黄又黑，一块僵硬的死肉。这简直不是女人的手。

“我不年轻了。唱完歌没有公共汽车，要在酒吧坐到天亮。或者找个网吧上通宵，身边都是九零后，现在还多了零零后。我早就老了。”她抱怨时也是迷迷蒙蒙的，“小美保养得比较好。”

近距离看，她笑起来，眼角皱纹像摔碎的镜子。但让她显得年轻的，是她身上那种神经质的桀骜，像走钢丝的小丑一样小心翼翼的、悲剧性的、令人揪心的易碎感。

她手背文着一只眼，两条弧线在尾端交叉。或者是一条鱼。图案有些磨损，模糊不清。

“你很好看。一点都不老。”

“真的？”她歪着头的样子像只猫，在打量对面的人类是否值得信任。然后她垂下眼睛，继续感兴趣地盯着自己的手，就差没像猫一样去嗅一嗅它，“手也难看。干过体力活的手，再也没法像小姑娘的手那么好看。”

她收回手，轻盈地坐回床上，和很多一百多块钱的快捷宾馆一样，这里的床头灯也不是为了让人阅读的，亮度和角度都不对。她瞪着眼前那一页，半晌也没有翻动，嘴里嘟嘟囔囔地，我听到其中一句是“其实修鞋比做衣服好，修鞋不要本钱”。

我急忙洗漱，同时，好奇心风起云涌。我还是第一次在生活里遇到一个歌手，那是怎样的生活（外星人怎么生活的）？她自己也写歌吗？是什么风格呢？挣钱吗？

洗完脸，回到床上，她看的那本书就搁在床头柜上，《鲜花圣母》。我对以性情身世传奇性胜出的这派作家向来看不来，有个男人说那是因为我不够绝望，所以我无法写出伟大的作品。你大爷的伟大。

“你都在哪儿唱歌？”我忍不住问。

“酒吧。”她看看我，“真拿我爸那帮土鳖亲戚没办法，他们觉得这跟妓院差不多。”

“哎，你可以带我大舅去看你演出。你得多包容，咱们很多亲戚一辈子都没进过酒吧。”

“没用。”沉默，“他不喜欢我。别的亲戚，我又不在乎。”

“你知道吗？”她抖开睡裙下摆（一件孔雀绿无袖长裙。我要穿那种颜色睡觉会做噩梦），盘腿坐舒服，双眼放光，鼻子微微前倾，犹如一只夜晚出来捕猎的猫，“大部分人都是不好不坏，平庸乏味，跟一次性塑料饭盒一样。对这种长方形塑料，你连闻一闻的兴趣都不会有。大多数音乐、大部分书，都是。他们的刻度永远都打在一个最正确的正中间，永远不犯错、永远不会失败，最终出来一个光溜溜的东西。但美是不正确，美是错乱。”她挠挠头，撸掉假发，底下头发像男孩子一样短一样硬，又黑又亮，还带点毛茸茸的自来卷。“哦，对了，塑料饭盒，咱们的亲戚都是。吕城就是个大塑料盒。”她没头没脑地绕回来。

“我大舅也是？”

“当然不是。”她想了半天，又说不上来什么，只是重复说，“他当然不是。”

“那不平庸的人，是什么样？”我呢，我也是塑料盒吗？

或者我有一个比较好的气味？

长久的沉默，“我也不知道。我没见过。或者见到过但是错过了。我不知道好的灵魂闻上去是什么味儿。”她一跃而起，光脚去写字台照镜子。鼻子上起了一个包，她隔几分钟就心神不宁地去看看镜子,包有没有变小。被她不断摁压，包越来越红肿，大得夸张。她忧心忡忡地照着镜子，不留神踩到地上的玻璃碎片，唉哟一声，跳回床上，把右脚搬到眼皮底下，捏出一片玻璃。

“要不要紧？”我探头过去。

“没事。一点点血。”她向我展示她流血的脚底板，又把脚拉回到鼻子底下。我要像她那样早脱臼了。“我更熟悉坏掉的人。它们是摔碎的镜子，不小心碰到，就给你割一道口子。”她头还凑在脚上观察伤势，身子拧着，声音听上去钝钝的，像从地洞里匍匐爬出来一样。

上一次有人跟我谈论这种话题，已经是十年前的事。那时我刚到北京，还很年轻，男人们喜欢跟我谈论杜拉斯陀思妥耶夫斯基还有灵魂。我们喝醉后，醉眼迷离深情却是平庸地聊文学，这让清醒后的我羞愧难抑。但即使这样的平庸我也很久没有经历。我环抱着自己的双臂有些刺痛，好像手掌下光滑的皮肤裂成碎片，割得它疼。

“你是签公司，出唱片？还是就在酒吧里驻唱？”

“我签过公司，90年代末。那时我刚参加过青歌赛，有人找我出专辑，把我的名字改成孙萌。那个男人告诉我，有孙小红这种名字的人，不会有好运气。专辑卖得很烂，孙萌的运气也不咋的。后来我单方面毁约——我们签了十年——我再不敢去北京，演出都绕着走。听说那个公司早就倒闭，老板死了。我还是不敢回去。就一直在广州。我又改了名字，连姓也换掉，到酒吧唱歌，但坏运气一直跟着我。”她笑起来，“就是那时候，我把孙小美的吉他卖掉了。现在挂在一家云南饭馆的墙上，老板喝高了就弹会儿。他只会扫弦，所以四根弦也无所谓。可惜了那把琴，你没听过它的声音，弹过一次，它就能把你的魂勾走。”

她说的那个名字，我知道。我听过她的歌，这样说显得冷漠。实际上，她有首歌陪伴了我好几年，某种程度上，她深深参与了我的生活。想不到这个无比熟悉的声音竟然出自我的大表姐。那是一个非常奇特的歌手，没有一首歌是写完的。都是半截半截的未完成品。她没出过专辑——这样当然不可能出专辑，但居然出过一版demo，七首歌，四轨录音，粗糙含混，这样的简陋与她的音色居然浑然天成。里面每首歌，当然，都只有半截，但从这样的四轨录音中放出来，也居然有一种奇特的、不平衡的，美感。

除了原创，她还翻唱流行歌曲，都是现场版，更加粗糙的录音，嘈杂的背景。显然这是她在酒吧的谋生之作。豆瓣上，她最受欢迎的是布鲁斯版《再回首》，像是喝多了，口齿不清，尾音呜咽，每个音都在破的边缘，每一小节都力不从心而又苍凉无限地支撑下来，她的歌声里有一种危险的热情，仿佛唱歌时，她放弃了任何控制，放弃了作为一名女人，甚至放弃了成为一个人，她唱，完全投入，融化了自己，变成了另外一种什么东西，一堆静静燃烧的、随风缭绕乱扑的野火，随时会灼伤离得近的任何人。唱到最后她忘词，一遍遍扫弦，台下观众清唱的声音骤然而起，像潮水把她托在水面。那时我想，歌手是有魔力的职业啊，就凭这能把人托起的狂喜和忘我。

不知从何时起，她有首（半首？）歌一直存在我的 MP3 里。在她惯常的噪音轰鸣尖叫之后，突然的静止中，她轻轻哼着一段旋律，背景是一段近似白噪音的刮擦声，沙沙地摩擦着听觉把那里打磨成一条孤独银河，“日出时我们闭上眼睛，我们是白昼孤儿，长夜游荡者，繁华世界的 loser……”像她所有的歌一样，这首叫“loser”的歌也没写完，底下就是持续的哼唱，像哭又像喜悦。我给朋友发那首歌的链接，朋友回复：听完失眠，这什么鬼。

奇怪的是，她似乎没有一副固定的面容，时刻在变，这就是为什么我没有立刻认出她来。她在网上的照片，有非常艺术照的（即使那样也不土），像年轻时的巩俐，皮肤里绷着一股劲眼睛里放着光。还有一张是她戴绿色贝雷帽，男装打扮，美得空前绝后。但更多的是，她邋里邋遢、没有化妆，容颜枯槁地躺在自己的脏床单里（背景是一个个不同的，但一样拥挤、简陋甚至肮脏的出租屋）的自拍照。谁也弄不懂，她传这些照片到网上，想要表达什么。最后，她并非默默无闻，她有歌迷，虽然不多。豆瓣她的音乐人小站，包括我有三百多人关注她。

“你结婚了吗？”她问我。

“结了，又离了。你呢？”

“一样。有孩子吗？”

“给父亲了。”

她没有立刻说她的情况，小美说她怀小孩时回来过，那个孩子后来去哪里了，我不知道，就像我不清楚我的孩子现在在美国的哪里。离婚时我们一致认为，孩子跟着父亲比较好。就像某种交易，失去孩子后，我连续出了我的第一本、第二本乃至如今的第四本书。

我耐心等待她说出自己的情况，我想到豆瓣上，她微薄的粉丝数量，猜测她一年能有多少演出，一场演出究竟有多少演出费。而她毕竟是快四十岁的离婚女人，她以后怎么办呢？这样想时，我就离孙小美和我大舅以及我的亲戚们更近了，这让我有些吃惊：我并不像自己所想，跟孙小红是一类人。我也忽然明白在我故乡的亲族眼中，我过的是怎样颠沛流离可堪怜悯之生活。我问了我最想问的一个问题："你后悔吗？"

她看着我，我们看到自己的视线在对方的眼睛里弯弯曲曲地坍缩，"有个男人曾经跟我讲过一个故事，关于生活里的迷宫。他说，就在你平常走的大马路旁边，偶尔会冒出另一个世界的入口，它的宫殿美轮美奂，只有胆大的跟冒失的人才会进去，进去就再也找不到出口，只能精疲力竭地走在黑暗中，跟日常生活，跟他所熟悉的一切都分离。他走啊走，没有目的也没有希望，甚至不知道自己真在走，还是在原地转圈。如果他们保持勇气，一直走下去，最终他们会走到迷宫的中心。上帝在那儿等着他，吞掉他。然后，他将重新来到世上，但是完全成为另一个人，因为他被上帝吞食和消化了。他将站在迷宫入口处，轻轻地把走近的人推入其中，”她停了很久，“那个男人说，他不确定这个故事里最恐怖的是什么，是进入迷宫，是没能走下去被上帝吞掉，还是被吞掉后不确定那吞吃你的是上帝还是魔鬼。”

我没有再问什么。临睡前的朦胧里，她一直在说话，她似乎很久都没跟人说过话了。她问我记不记得小时候一起游泳。我说记得，你能游到对岸，我那时觉得那条河跟黄河一样宽。她古怪地笑了一阵，说，我那时候总想离开吕城。我以为会有一个更有意义的世界，会有一个更有意义的生活，就跟我游过河，上岸后是另一个村子那么确定。后来我发现，就像孙小红这个名字，吕城一直跟着我，它就是我的运气，而且没法涂改。我以为它是我的敌人，可似乎又不是，它毁了我又成就了我，就像那些男人……这时候我已经睡着了，单独留下舌头放哨，哼哈以对。但她的声音，砂轮一般颗粒粗糙的声音仍顽固穿透我梦境的软壁，变成一种银白色的光源，奇异地挂在我梦里的天空上。

我梦到自己回到了 13 岁，去河里游泳。夏日的午后，天特别蓝，让人躁动不安的那种无瑕疵的蓝法。河边寂静无人，草深处可以蹲在里面脱衣服，脱下的衣服挂在树枝上。

在这之后，空气热浪扑到赤裸的皮肤上，像被一个灼热高温的大舌头舔了一下。那条河比记忆中更宽阔，像海一样，在蓝天的倒映下，发着奇异的深蓝色的光。跳水进去的一瞬，从那个角度看出去，世界被一分为二，上面的荒山，长着牛皮癣般的斑斑野草；下面是蓝天，纯度高到让人心慌。除此之外，世界一片寂静。这景象，让人有深深的压迫感，仿佛睡着前忘记拿下搁在胸口的两只手。我不禁大喊出来。孙小红在我前面，往对岸游。河床里，有许多挖沙船挖出来的致命的漩涡。我小时候，每年夏天那里都会死几个小孩。那些漩涡在我梦境里很夸张地出现，有桃红色、有明黄色、有黑色、有白色，它们像彩色的冰激凌蛋筒，缓慢、有力地在河面上旋转。它高高挺立在水面之上，所以我又能看到蛋筒的尖底儿——这又不像漩涡，倒像一道道彩色龙卷风竖立着刮过海洋。孙小红迎上漩涡，被吸了进去，准确说是吸了“上”去，那是一个银白色的漩涡，散发着未来世界的金属质感。我看到她在漩涡上打转，就跟坐在游乐场里的“太空飞船”一样，兜一圈，又一圈，再一圈，她一直在漩涡上打转，没有前进一步，也退不回来。

4. 最好的日子

第二天醒来，她走了。房费已结。

婚礼很热闹，我见到了吕城我所有的亲戚。每个人都在发胖，我眼前出现孙小红犹如未发育少女的瘦削身体。小美说她早上打电话说自己有急事先走。大舅不住摇头，真丢人，真丢人。他老得厉害，年轻时的体面整洁荡然无存，他的袜子是已经没有人穿的尼龙袜，皮鞋后跟几乎磨秃了。他也丧失了年轻时在众人面前保持的那份优雅风度，进来就大声抱怨，资金周转困难，亲戚没人肯借钱，女儿女婿住他的吃他的，就他一个人，快六十的人了还撅着屁股拼命干活养活一家六口。他的六口里显然没有小红。或许很久没有洗澡，他身上有股热烘烘的味儿，从领子口向外喷。他坐下之处，人群略略向远处散了散，孙小美尤其离得远远的，帮新娘子摆弄头上的插花，直到他抱怨完才悄悄过来。她先派儿子来找姥爷。那孩子有张大人的脸，眼睛像幼年时的孙小红，狭长敏感的单眼皮，沉默寡言。我大舅看到外孙，面容忽然变得，说不出的柔和。他们头抵头，低低说着只有他俩才能懂的话。小美这才慢慢走过来，站在他们旁边，靠着墙根。我无意中一扭头，看到她脸上有一种表情，堪称空虚。我走过去，站在她身边。她不看我，悄悄说："这个孩子，纯粹是为了让我爸高兴才生。我没有过自己的生活。"

这时候凤凰传奇的音乐停了下来，众人上桌。我跟小美挨着坐，中间隔着孙瑞福，他站着吃。男孩皮得很，一刻不停，脸转来转去，小美耐心地举着勺子，等他转向自己那一瞬喂进去。他两只手到处抓，无意抓住我的手，就抓得紧紧的，手心肉乎乎的很柔软。小孩子总是这样，抓住什么就会抓紧，毫无保留地信任对方。他很快放开我，两只手伸向小美：抱。小美抱他到自己腿上，亲他一下，低声说了句什么，男孩搂住妈妈的腰，母子变成一个独立的王国，世界上最小最温柔的国度。

把眼睛从这个国度挪开，周围的亲戚们全在讨论小红，说她满嘴谎话，还跟自己借钱，并表示不会上当。顺便说，我的亲戚们是我见过在"钱"之一事上警惕性最高的族群，我二舅在一次出差中手机被盗，收到二舅手机发来的"旅途中出事，不便打电话，速打两千元救急"的三十多位亲戚中，无一人上当，并全部给予严厉回击。

我很想告诉他们，孙小红比家族所有人都有名，但也知道这无济于事。大舅照样会觉得她丢脸，说不定会因为我的辩护觉得更丢脸。我能做的只是遵守诺言，在漫长的婚礼间隙，用手机银行向她账号打去三千元。

我再没见过孙小红，但我常常听她的歌，一个人的时候。世界上大概只有我知道，唱歌的这个人叫孙小红。这个秘密值得三千块。

在我小时候，吕城无聊漫长的暑假里，傍晚时，小红小美带我抓蝉蛹。小树林松软的地上，一个又一个拇指粗的小洞，洞口微微翻出来些湿土。蝉蛹就在附近。它硕大的眼睛外鼓，却对我们的死亡之手毫无反应。它们用爪子抓牢树皮，抓得那么紧，要摘下来除非是掰断它们的腿。掰断腿也不见血，屠杀于是并不血腥。摘下来装进一个军绿水壶里，小美背着，我走在她身后，能听见壶壁上密密麻麻的抓挠声。有时，天不亮再出来一趟，此时刚褪壳完毕，翅膀透明新绿，湿淋淋地贴着雪白娇嫩的肉身子。凑够一碗，放盐、胡椒粉，下油锅炸。下锅前，揪住蝉的圆尖肚子扽下来。

有时，下午出来得早，我们就先去游泳。那是城外的一条河，河对岸是常庄。男孩在一处，女孩在一里地之外，中间隔一个长满野草的转弯。我们没有游泳衣，都是穿内衣下水。隔得老远，男孩冲我们猛吹口哨，但从不越界。游累了，我们四仰八叉地漂在水面，犹如一群奇形怪状的水母，清澈河水源源不断从我们身上经过，又流向不着边际的远方。我们常常为它的归宿争论，小美说它会流入大海，我说它将汇入黄河，只有表姐一声不吭，望着天空出神。长大后我才知道它其实没走多远，就沉入地下、消失不见。一次，游完上岸，发现一壶的蝉蛹在高温中窒息而亡。我们毫不可惜，倒进河中，回树林重新捕捉，仿佛生命是无穷无尽地可供挥霍。离开时我不经意一瞥，清澈河面上，密密麻麻的棕色蝉蛹随波逐流，晃晃悠悠，像我们刚刚那样四仰八叉地浮在水面，在水中，它们似乎全体复活。这景象太妖异，我掉开眼光急忙离开。

离开吕城后，我又回到北京。沙尘暴来了，经过严寒刚刚长出来的花骨朵，被大风刮落。这个春天我没有看到一朵花，如果春天不开花，秋天是不是就不会结果？尽管如此，水果还是源源不断地上市，证明花朵总在这里那里秘密地生长。于是我仍然盲目地盼望，最好的日子，也许尚未到来。

2012 年 4 月 1 日，苍山下

2012 年 5 月 31 日，府山下

2015 年 6 月 13 日，拉萨

青春

1

这个故事要从大学第一天说起。

因为在陌生地方我会不安，所以，大学报到我提前了两天，去熟悉环境。

坐了一夜的火车，一路风景都是在黑暗中度过。我没让我妈送我，可能是怕自己撑不住会哭，到时候她光只会看着我，或者更糟，万一她撑不住。再说，多个人，来回也要几百块钱。天亮下火车，在去学校的公车上我睡着了，一路睡到终点站。所以，武汉是扁是圆，我根本没概念。

校园没有人。这是八月底的清晨，我到处乱逛。手里捏一张刚出炉的油饼，这种饼厚而松软，里面裹了一层糖油，吃到嘴里真是人间美味。我跟着鼻端一股桂花香味儿走，越走越远，眼前已经没有教学楼，却出现一个湖。

这是早上七点钟，阳光是青白色，铺在湖面，像一张白银织成的网。我轻轻弯下腰，把手伸进湖里，触指冰冷，像这年夏天我第一次喝下去的啤酒一样凉。我四下张望：如果没有人，我打算躺到草坪上晒会儿太阳。

有人。湖里有人游泳。她戴一顶明黄色泳帽，迅速游到岸边，哗啦一声翻上岸来，全身往下淌水。她看我一眼，一把揪掉泳帽，一头长发夸张地披落下来。她光脚踩过草坪，走到树底下，拣起一条同样是明黄颜色的毛巾，旁若无人地擦着头发，好像这里乃是公共游泳池。我不相信学校允许在这儿游泳。还有，她难道不冷吗？我脑子里有无数问号。

她皮肤微棕，小腿很美，一望而知常常在户外活动，有长跑习惯也说不定。她大略擦擦身子，直接把一条白裙子套在湿泳衣外头。我看她，她也回看我，神色平静到倨傲，仿佛是我没穿衣服，而不是她衣衫不整。然后她就走了。拎着鞋，光脚踩过水泥地，留下两个淡淡的不完整的脚印，片刻就被风吹干。而此时她早已翻过土坡，不见了。

我看看自己穿的T恤短裤，像男孩一样的短头发，手里还捏着一张啃了几口的油饼，不由得自卑不已：同是女生，你看人家——勇于树立偶像并向之学习，是我家家传。但我妈名单上的小林姐姐等人，大部分是好学生。好学生大多乏味。而这个女孩，是我离开妈妈后独立找到的第一个偶像，她比那些好学生精彩太多。可惜，我不知道她名字。

我啃着已经凉透了的油饼，慢慢逛回宿舍。

宿舍门大开，窗户打开，穿堂风像疯了一样，把我的T恤吹得鼓起来，又猛地向后一荡，紧紧贴住前胸。宿舍里的陈土也被吹得狂飞乱舞。我丢行李的那张床，上铺已经铺了床单。橙黄色，很是喜气洋洋。

身后有人进来，不用我说，你们也猜到就是刚刚那女生。她已经换了衣服，红T恤，牛仔裤。看到我，她并不意外，展齿一笑，“是你啊！”她在裤子上擦擦手伸过来：我叫小宝，你呢？

我叫陈丘平。姓陈的陈，丘陵的丘，平原的平。家里人叫我小丘。

你爸爸姓陈，妈妈姓丘，对不对？

对对对，你怎么知道？偶像啊，果然是偶像，“你不挑张下铺吗？睡上铺多不方便。”

“不要。我喜欢上铺，”她手搭住栏杆，飞身而上，身手极为敏捷。“咱们已经认识了，睡上下铺比较好。我受不了再来一个不认识的什么人，睡在我的上铺或下铺。”她开始在上面抖被子，像跳舞一样好看，但是弄得尘土飞扬。我悄悄拿起她的水盆，给她放到外面，免得落了土。里面是她的花泳衣，白裙子，黄毛巾，像刚从她身上蜕下来的一层皮，紧紧缠绕着，堆在一起。

这就是我第一次见到小宝的情形。

关于那天，还有一些琐事可以补充：我们花了一下午打扫，弄得宿舍到处都水汪汪的。然后我们去买了窗帘。按我的意思，是等人齐了，一起去选，这样大家一起摊钱会比较公平。她奇怪地看我：那这两天咱们不睡觉吗？而且，谁说人多眼光就好？如果她们不喜欢我买的，给我做床单好了，又不要她们摊钱。后来我们买了一块深蓝色厚布，上面发疯地喷涌着黄色光晕，像蒙克的画。那当然是她的眼光。后来，我经常站在楼底下，发现只有我们的窗帘不是深红、橙黄的缎子平绒。在一栋楼的锦旗般的窗帘里，我们的窗户像一个怪物。

关于那条窗帘，她说，这像是梵高笔下的星空。而我觉得它更像我想象中的海洋。蓝色的深海海底，像人类城市一样，有灯，有星光，还有发着光的永不闭目的鱼。小宝听了尖叫：你是诗人啊小丘！你一定写过诗！我说我没写过啊，“那你一定要写！必须写！”她揪住我肩膀用力摇。我被她摇得头脑不很清楚，开学后加入了诗社，交二十元会费，拿到一个红皮儿会员证，一行诗也没写出来过。

而那时，她早已经混到校外，才不管我到底写不写诗这回事了。

2

开学后就是秋天。那年武汉的秋天非常美，每次走在外面，都觉得自己一伸手就能跟天空里的什么人接上头一般。大气层接近透明，天空是钴蓝色。云呢，要么不出现，出现就是云山云海，像电影里的特技。去上课的路上有一种树，它的叶子会彻底变成红色，跟绿色叶子混杂一处，仿佛树冠上开满红花。我一直走一直看，眼睛常被太阳照得金星乱冒，闭上眼，一片靛蓝纯黑。

开学就有大宗消费：随身听，衣裳，还要出去玩。高中大家都穿校服，最多比比运动鞋。现在一下掉入全面消费，不免有些手头拮据。

在一次文学讲座上，我认识了一位《知音》的编辑，开始给她写稿。第一次拿到稿费，800块！妈妈说得对，学习好还是有用的，她从小就给我买优秀作文选也是明智的。我揣着这笔不义之财，先请宿舍女生们吃了一顿，余下的钱一直留着，想等小宝回来，请她吃饭。可小宝总也不出现。她神出鬼没，只有她的被子永恒凌乱地摊在床上，制造一个假象。连我忍不住也几次把手探进被窝，想知道她是不是刚刚回来过。

我把钱留着还有一个目的。在那之前，我在学校附近的录像厅见过小宝。

那一次的录像全是香港电影，老板弄得很有格调的样子：张艾嘉电影专场。《阿郎的故事》、《最爱》、《心动》，电影都是好电影，走出录像厅，我跟同伴兴致很高，说要不不去食堂，在外面吃东西。她搗搗我胳膊：小宝。快注意她身边有无可疑男生。

小宝穿件红色拉链衫，黑裙子，光着腿，赤脚穿一双夏天的凉鞋，脚趾头上涂着红颜色的蔻丹。她站在刚散场的拥挤人群里，一脸不耐烦。她意识不到她有多显眼，她旁若无人地抽烟有多令人侧目，她看不到旁边男生都在看她。她站在人群里好像她与所有人都无关。人群散开一些儿，她立刻向外走，走得极快，几乎是跑过人群。我却有个感觉：她其实不知道自己要去哪儿。

同学把我一挽：咱们吃饭去。

我们掉头而去。但余下一天里，以及此后许多次，我常常想起小宝，她站在人群里，说不好是被世界抛弃还是她先抛弃了世界。而她对此一无所知，只是美丽地、强大地、脆弱地站在人群里，脚趾头露在外面。我很想叫住她，问问她，小宝你不冷吗？

我把稿费留着，但一直没见到小宝。钱放在包里，一张一张地融化掉。

十月底的一天，下午我请假，在宿舍里睡觉。小宝走进来，手里拎着盒饭，坐到我床头，开始吃饭。鸡蛋西红柿的味道弥漫开来。

我跟她有一搭没一搭地说着话，忽然想起来她的鞋，坐起来一看，她还是光脚穿着那双凉鞋。我怒吼，命令她立刻跟我去买鞋。

“没钱。”她说。

“我借你。”我取出背包，一张一百,一张五十，还有两张十块。

“不够。”她既不高兴，也不扫兴，平平淡淡地说，好像这一切理所当然。

“你要买什么鞋不够啊？”倒是我的自尊心受伤了。

她瞟一眼我床下的球鞋：“反正不是你这种。”

吃完盒饭，她走去丢掉，又回来在我床头坐下，看我不高兴，忽然一笑：“小丘，你要承认我跟你不一样嘛。不过为了让你高兴，我答应你明天就去买鞋！”

她搭住栏杆，飞身上铺，床板嘎吱两声，再无动静。小宝入睡是很快的，像一个没有心事的孩子。

晚饭时她又出去了。

不是所有人都喜欢小宝。准确地说，宿舍几乎所有人都讨厌小宝。因为她从来不值日，干脆只好不算她。而且她穿得那么时髦，整天在外头，谁也不知道她在干吗。熄灯后她们议论到小宝，我照例闭目养神，不参与，也不反对。窗帘一角垂在我的床头，深蓝底色上粗野地泼洒着黄色。像深海海底。海底到底是冷、是暖、是平静，还是激流汹涌，我不是鱼，大概一辈子也弄不清楚。

第二天睁开眼，看见上铺，小宝的被子掉下来四分之三，挡在我床前像个帘子。我探出身子，看到她睡得正香。床底下，挨着我的脏球鞋，放了一双红色漆皮高跟鞋，非常明亮的红颜色，在昏暗的床底闪闪发光。

3

深秋后有一段时间，小宝经常回宿舍住。她不上课，只是抄我的笔记，边抄边评论。她一天到晚盘着腿坐在我床上，就着桌子抄笔记，吃零食，换衣服，看小说，把床单蹭得皱皱巴巴，只有睡觉时才爬回上铺。

头一天她要洗澡，我叫住她，要递给她帘子："你明天也去做一个吧，今天先用我的。"帘子是南方女生们的发明，挂在洗澡间省了很多尴尬。

"这啥东西？"她皱起眉，"丑死了！我才不用！"

她也不要我陪她打热水。天气变冷以后，大部分人都停止洗冷水澡。校园里常看到豪迈的男生，一手一桶热水，泼泼洒洒地拎着走。女生力气小，两个人合挑一桶热水，空着的手还可以再拎一暖水瓶，这样，连晚上喝的水也够了。洗澡时，常听到对面楼上一声惨嚎，就知道是哪个不怕死的男生在洗冷水。

听完我的建议，小宝一脸嘲弄：麻烦死了，我洗冷水就好。

于是，她跟在拎热水、扛帘子的我的身后，空着两只手，赤脚穿着木屐，"咯噔咯噔"，摇摇摆摆地走着，边走边笑话我不是去洗澡，倒像是上山打老虎。

我们的楼是老式建筑，楼层极高，热水产生的热量，要上升很久才能碰到天花板。洗澡间是用石壁砌的六个单间，三面墙都是黑色水泥面，上下左右都透风。靠里的墙壁有一扇透气窗，它上面的木头百叶窗是死的，从来都关不上。起风时，从阳台进来的冷空气，犹如一条大蟒，贴着光滑的水泥地面潜行，直到与窗外寒流汇合，然后便如狼似虎地扑向毫无遮掩的身体。

挂上帘子，我只看到小宝的一对脚，我想起来：小宝，待会儿打开水龙头，你先让它流一会儿，好长时间没人用，恐怕里面有铁锈。

“哎。”她站到石阶上，让水流了会儿，提起一只脚，舔着水试了试。水显然很凉。那只脚犹豫不决地在空中待了一会儿，随后便全身而入。几乎是立刻，她尖叫、跳到外面，像站在热锅上，两只脚来回倒着跳来跳去。对面男生楼上一片哄笑。

“笑什么笑！”她高声喊一句，又跳回到水龙头下面，被冷水一激，跳了起来。

然后，她唱起了歌。

小宝的歌声，从此在一段时间里，成为傍晚时必然会出现的一个事件，像食堂开饭、太阳落山般固定。她在宿舍里从不唱歌，说自己五音不全。的确，有次全宿舍去唱卡拉OK，她一首歌也没点，直到我唱到苏芮的一首歌时，她拿起话筒跟我一起唱。她真的是走调大王，我被她一带，立刻荒腔走板，溃不成调。可是在那间黑色水泥的洗澡间里，她的歌里却正有种东西与之适应：粗粝，横蛮，寒冷。有次黄昏，我打水走到楼下，听见她唱《执著》，那是下午五点多钟，天空里有许多厚重云朵，呈灰黑色，像锡铁。太阳在云朵后面，放射出强烈的金黄色。看上去，天上仿佛有一座城市，轮番变幻出锡铁与黄金之色。我身边全是匆匆忙忙打热水的学生们，他们的脸一会儿被映成金黄色，一下儿又被照成灰锡色。对面楼上，有个男生吹着口哨，在大声为她伴奏。

我一直站在原地听，直到她唱完。不知为什么，我觉得那是我听过的，最好听的《执著》。

十二月下旬，大家都在准备考试，小宝频频夜不归宿。

说到这里，我要讲一段自己。入校一个月后开班会，我莫名其妙被选为班长。

不错，我每堂课都坐第一排，每次提问都头一个举手，因为预习过，老师讲的我立刻能够心领神会。老师又不傻，班里谁听懂了，谁对他有强烈兴趣，他是一下就能感应到的。有些枯燥课堂，几乎变成我跟老师的单独交流。半个月下来，男生们看我的眼神就不一样。老师也习惯了最后提问我。前面人磕磕巴巴，言不及义地回答时，我在笔记本上列出几条关键词，气定神闲地等着叫到我。这都要拜我妈所赐。从小她教我演讲，练口头表达，练多了思路自然清晰，更不会紧张。

说起来，大学里还是人心纯朴。就因为一个人学习好，大家就会发自内心尊敬他，这种朴素的价值观，在我进入社会后是再也看不到了。班会那天，连男生也投我的票，我做了班长。其实我对于把一些人组织起来，干一些无聊的事并不热衷。这个特点，在我就任一学期后的元旦时，已经暴露得相当明显。宿舍女生抱怨，别的班组织了多少次联欢，还有秋游，只有我们没有动静！末了她气愤愤地说，陈丘平，你是我见过的最冷漠的人！

冷漠……我知道寒冷是什么，漠然是什么，但什么是冷漠？我知道内心深处，我对大部分人并无兴趣。诸如联欢，秋游，对我来说只是浪费时间。我对恋爱都没兴趣——我的口头禅就是“没兴趣”，还有，“干吗浪费时间”。校园恋爱成功率那么低,我干吗要浪费时间。女生们花痴篮球队长时，我只觉她们幼稚。她们周末出去玩，我仍然老老实实去图书馆。我还是觉得在分数上击败别人比较有乐趣。虽然每堂课都在验证着我的智力，但我还是需要用考试更确切地进行一次验证。

考试小宝倒还是来了。教室里没有暖气，有的窗户缺少玻璃，坐下去真是如坠冰窟。我把全部家当裹在身上都还不够。在往教室狂奔的路上，我看见小宝慢吞吞走着，走过去的人都回头看她：她穿红色羽绒服，一条黑色毛线裙，脚上穿一双巨大的，毛茸茸的白色保暖拖鞋。我大叫：快点，要迟到啦。她抬头看我，茫然一下才认出来我，摆摆手：你先走，我还有两页笔记没背完呢。她手里拿着笔记，看完一页就撕掉，纸团在身后连成一串，像动物在雪中留下的脚印。

关于考试成绩，还有一点可以说。我当然是第一名，每一门都是。第二名是个男生。这些不难查到。我感兴趣的是小宝的成绩。她大部分科目成绩平平，但有两门考到很高——那两科是最难的。我知道其实自己已经输给她了。我下多少力气，她下多少力气。这种失败感让我一时感到幻灭：我这样学习，到底有什么意义？

因为沮丧，我没有立刻回家。天气寒冷，做什么都没意思，我索性在宿舍里睡大觉，睡醒就看小说。我租了一堆亦舒，一天看四五本，算对我浪费掉的时光的补偿。亦舒喜欢说，一个人的时间用在哪里是看得出来的。我边看边嘟囔：那也不一定。

到后来，整栋楼只剩我一个。连租书的书店也关门了。保卫科催了我几次，问我几时走。我买了第二天的车票。宿舍里，除了我和小宝的床铺，别人的铺盖都卷起来捆好，露出下面赤裸的棕床。小宝考完试就没回宿舍，她巨大的白色拖鞋放在我床底下，我在宿舍里就穿上，果然十分暖和。

临走那天，吃完饭，我实在无聊，发现自己不知不觉打开一本下学期的课本在看。我茫然一下，忽然想，我这样算不算是变态呢。那天我看到半夜，不知何时，外面下起雪来。我站在窗前，额头贴住玻璃，那种接触里有一种冰冷的锋利。也许是幻觉，我影影绰绰看见窗户外站了一个人，好似幽灵一般。我猛退一步，心脏狂跳。

门“咣当”打开，小宝走进来，化着浓妆，一身浓重烟味扑面而来，“小丘，我有个朋友今晚没地方住，来咱们宿舍可不可以？反正别人都不在。”

“喔”，我不知道怎么回答，男的女的？这合适吗？别人知道了怎么说？这时一个男人推门而入。

黑色棉夹克，黑牛仔裤，黑高帮靴。背一个琴盒，右手拎个“骆驼”牌深蓝色背包，靴子上溅满泥巴。我愣了一下。这是一个男人。虽然他一言不发，但他的男人的危险气息逐渐充满整个空间，把我挤到不能再退。

“哦。”我还是不知道说什么好，看看他，又看看小宝。小宝穿着那双红色皮鞋，鞋头上踩得一塌糊涂。看来他俩走了很远的路，而雪已经下了很长时间。而我穿着那双可笑的长毛拖鞋，手足无措地站在屋子当间。

“师父睡我的床，我跟小丘睡下铺。”小宝干净利落地安排，指挥她的师父爬到上铺。

那天晚上我失眠了。可能是不习惯有人跟我睡一张床，或者是，不习惯屋里睡了一个男人。我闭上眼睛，种种念头犹如闪电，不断映亮下面的漆黑海面。半夜时他去厕所，回来后站在我们床前，伸出手推小宝。然后他俩一前一后爬到上铺。

床架晃动起来。

后来回想，他们已经非常小心，床架晃动可能只是我在黑暗中过分灵敏的想象。但当时对我来说，那床架晃得仿佛地震。我抓起外套，穿鞋，夺门而出。小宝的声音一下就听不到了。我一口气奔到操场，下了半夜的雪，跑道全部变白，在黑暗中十分明显。空旷的看台与黑暗融为一体，体积庞大地向我压迫过来。我没有停，继续跑，出来得急，我睡衣外面只套件棉袄，可我恨不得连这件棉袄也脱掉，我恨不得脱掉所有衣服，脱掉我这层皮，身体里似乎有一个人迫不及待要挣脱出去，我害怕，可我不知道我怕什么；我愤怒之极，却不知道我为何愤怒。我想尖叫，大喊，拿刀子伤害我自己。一万个念头同时涌上大脑，我像个疯子一样奔跑，直到大脑一片空白。肺里像着了火一样疼痛，我蹲下去，吐出来的不是火，而是那天晚上我吃的食物。

呕吐之后，撑着我的那股劲也消失。我身子一软，顺势躺下。刚下过的雪里有一种清洁的味道，躺在雪里，其实并不觉得冷。我躺在地上，天空里一道美丽的银河，像我小时候看到过的那一条。

4

进入大二，身边的情侣们都在分手，失恋的女生引起全宿舍的同情，除我之外。她们约会、恋爱、分手之时，我还是去上自习。我买了考研的书，还有一些面试的书。我衣柜里添了一套正装。我知道自己的时间一点一滴都没有浪费，但这并不会让我愉快。

我配了隐形眼镜，这让我有机会在镜中看到自己双眼：对女孩来说，它未免不够柔和，难以接近。我以为自己全身都是凛然难犯之气，按理说，男生应该敬而远之。但凡事皆有例外，在进入大二后，竟然也有几个不开眼的撞上来。

最固执的那一个，是看了我发表的文章，辗转找到我。他通常等在楼下，默不做声地接过我手中的暖水瓶。他替我打了三个月的水，每次开口都遇到粗暴无礼的对待，最后终于消失。那是个清秀的男生，他跟我说话时，总带着一丝敏感的痛苦表情。我不知道他为何要来找我。不管他希望从我这里得到什么，他得到的只有失望，以及挫败。这再次提醒我，勿将希望寄于他人。

我不知道，对于在青春中备受煎熬的人来说，哪个季节更难以忍受。

冬天的寒冷，极易从物理的冷转变为心理绝望。宿舍里很冷，别的上下铺都合睡到下铺，互相取些暖意。我庆幸小宝的不在。我的身体拒绝症状越来越明显，我不喜欢别人碰我，不喜欢别人动我的东西，坐我的床。我觉察到自己的变化，并保持观察。

从那个雪夜后，我和小宝变得不怎么讲话。开学后她搬了出去。我知道再也回不到曾经，一度我们以为友谊会地久天长。她的消息我都是从别处听来。她在酒吧打工，偶尔客串唱歌；她跟乐队的人恋爱，租房同居。讲八卦的人神情猥琐，暗示我们她已非处女。在我们的年纪，没有男朋友是可耻的，拥抱是可以的，当众接吻是普遍的，但性爱是讳莫如深的。没人敢公开谈论，更别说像小宝那样公然同居。我们愿意假设，也许他们各自分睡一个房间，而非睡在一张床上。但自己也知道这种假设未必可行。小宝在我们心头引起了性的焦虑。

在我心中，这份焦虑一直持续到那年春天。有天下晚自习，我去湖边散步。那个钟点湖边已经没有什么人。我坐在椅上出神。

这是四月初的夜晚，湖面上升起浓雾，雾中有细雨，细得仿佛蜜蜂的刺一般,刺到脸上,又酸痛又疼痛。我伸出双手，摊开在两膝之上，感到皮肤被穿透，野蜂之刺蛰入血管，静静流淌。这时身后来了一对伴侣。我指望他们亲热一阵就会走掉，谁知他们并不满足于只是接吻。这声响唤起我对那个雪夜的全部记忆，大脑里仿佛有个床架摇晃得越来越响，我猛地站起来，浑身发抖地走回宿舍。

这真是一个突如其来的打击。我不明白身体出了什么问题。看起来，它似乎有了自己的意志，渴望随便委身于人。这是意料之外的。恋爱对我来说是个计划，应该发生在毕业后一至五年之间，而不该在现在。

那个春天，寒冷而多雨。我心怀沮丧地度过自己的 21 岁生日。就在几年前，我还以为自己活不到 20，现在却已经 21 岁。我制订了一个又一个计划，冷酷无情地执行，现在回想起来，年年考第一，也并不多么令人兴奋，老师的赞扬，听多了亦不过如此。

我一直感觉，在身边这个无聊浅薄的生活之外，还存在一个真正的生活。我的所有努力，都只是为了这真正的生活而做准备，我相信我对自己足够冷酷足够严厉。然而在21岁这一天，我忽然想，也许，万一，并没有真正的生活。也许真正的生活就在身边，别人都已经知道了，而我还没有。比如说那些在黑暗中紧紧拥抱的恋人们，也许对于生活，他们比我知道得更多。有了这些念头，曾经让我引以为傲的我的孤独，现在看起来，像一头大而无当的骆驼。

虽然沮丧，出于惯性，我还是天天去上课。这一直是我的骄傲，现在变成我唯一的支撑。像被人扯下眼罩，我发现自己的生活如此贫乏。然而这贫乏激励了我，或者说，刺痛了我，我比往常更用功，因为除此之外，我的生活里什么也没有。

那天是一堂公共课，我七点半到教室，发现第一排已经坐了一个男生，正在预习。下课后，我借他的笔记本看，他的笔记本非常干净，抄写得清楚整齐。我最恨别人的笔记本逻辑混乱，字体潦草，以及脏脏破破的。

他叫李昌吉，听到这个名字我不禁莞尔：他是年级另一个读书天才，被老师频频拿来跟我相提并论。

一般来说，我跟人交往时有严重障碍，尤其是跟异性。

但在我的生活里也一再出现某个时刻,我忽然放下所有顾虑,跟对方的交流达到了当时我所能走到的最远之处，此时犹如置身一个全新天地，一切都是熟悉而陌生的，所有的经历从昏暗中浮现，犹如在夜空里发光的群星。只有此时，我才不再是站在人生外面，跺着脚，百无聊赖，等待入场的旁观者。

李昌吉是孤儿，父母在去新疆的路上拣到他，就以目的地给他取名。父母都是医生,忙于工作,他从小是在野外长大,直到 18 岁才第一次坐火车离开家。对这个世界，他没有多少概念，所以他不懂，为何听说他是孤儿后我是那样的表情。孤儿是我的用词，他说他只是不知亲生父母是谁，但他有现在的父母，怎么能叫孤儿？在所有的事情上我们都概念不一致，但这不妨碍我们沟通。因为彼此之间没有隐瞒、矫情或自大,在我是放弃了,在他是不知道,于是我们得以坦诚相见。

李昌吉个子不高，五官普通。跟他坐在湖边长聊时，急着打饭的学生自我们身后匆匆奔过，那之后暮色渐浓，而他的声音让我彻底忘记他长什么样，穿什么衣服，只感觉我是坐在一堆篝火旁边,火光映亮了我的双眼。他猛地停住话头,火光熄灭，周围景象又浮现出来，只是变得陌生。李昌吉给我的感觉，就像在遥远的边疆小城，一轮月亮照着辽阔的戈壁滩。

5

六月里一天，小宝搬回宿舍。她全部行李都在一只深蓝色背包里，包很旧，东西不多。

这次回来，小宝变得不爱说话，总在沉思。她不说话时，眉头也皱着，透出一股紧促锋利的神情。她偶尔开口就是极为尖刻，那种尖刻仿佛一种兵气，伤人伤己。我不知道她在外面经历了什么，看上去她似乎变得沉静，但那沉静只是一堵用以抵挡海水的高墙，我担心它随时有可能塌陷，我猜测着墙背后的海面，是汹涌澎湃还是风平浪静。

我们仍然保持疏远，比从前更加疏远。她似乎总是冷冷地看着我们，心里充满愤怒与不屑，尽管她从来不说。

有天夜里，我听见上铺传来一种奇怪的声音，像透不过来气，又像是被人扼住了喉咙。我站到桌上探视，小宝的双手放在胸口，头激烈地来回摆动，喉咙深处发出粗浊的喘气声。我凝视着她被噩梦抓住的脸，堤岸塌陷，海水奔腾而出。我小心翼翼地推醒她，她蓦地坐起，带得床架咣啷啷一阵乱响。“我魇住了，”她迷迷糊糊看着我，“谢谢你。”她正好坐在月光里，我看见她一额头的汗。

“没事就睡吧。”

我躺下来却睡不着。这是武汉最热的天气，宿舍里没有空调，所有的窗户都开着，一丝风也没有。凉席上全是汗，我就睡在这汗里面。

“你睡了吗？”她探出半个身子，轻声叫我。

“热死了，睡不着。”

“我也是！咱们出去凉快一下好不好？”

她说的“出去凉快”，竟是翻出去，到湖边草地上乘凉。我脊背上一阵发凉，但她已经身手敏捷地翻了出去，轻声催促我。我一横心，也笨拙地翻了出去。

天空昏暗，看不出是几点，我们越走越快，到后来跑了起来，跑起来还有点风，倒觉得痛快。我们比赛谁先跑到草地，凉鞋碍事，索性脱了鞋子在水泥地上无声地奔跑。跑到草地时，我一身汗，摊开手脚倒在地上。草根的湿润，还有泥土的凉意顺着皮肤蔓延上升。我觉得凉快，小宝还嫌不够。她要下湖游泳，叫我一起。

“我不会游泳！”

“我教你。”

“我没带泳衣。”

“这里又没有人！”她笑死了，“我也没有带呀。”

“我不想游！”

我从小害怕水。我4岁时，爸爸带我去湖里游泳，他光顾着跟人说话，一松手我掉到湖底他也不知道，我喝了一肚子水几乎淹死。那之后我就害怕水。再浅的游泳池也让我眩晕。我一直记得，在一个昏暗的水底那种无助的感觉。

看我坚持，她不再管我，脱掉裙子跳进水里，一口气游出去好远，直游到研究生楼下才返回。返途之中，天色已亮，周围一切忽然不再受夜色保护，一切变得清清楚楚。我一骨碌坐起身来，四下环顾。小宝自己却不慌不忙，还绕到另一个岸边摘了朵荷花。她从水里翻身上岸，只穿着内衣的身体暴露在白天的光线之中。天色每一分钟都在变得更明亮。您倒是快点啊姑奶奶。我急得直跺脚。

"送懒人一朵花，"她把荷花扔到我身上，穿上裙子，在湖边坐下，拧头发里的水，她的两条腿垂到水里，荡来荡去，看上去十分自在，"过来一起坐嘛！"她回头叫我。

我勉强忍住恐惧，战战兢兢地在湖边坐下，把两只脚都放进水里。我害怕的感觉出现了：我仿佛整个人都在融化、消失在水里不见。我紧紧抓住身后地面。奇怪的是，同时我也有一种如释重负之感。

我们并肩坐在湖边，看着太阳升起，白色的水鸟去而复返。太阳升起后，湖面是青白色，只有湖心那一点是鹅蛋红。

荷花在我们眼前慢慢展开，这个过程中，我听到了它松开花瓣时的清脆声音。我们索性躺到了地上。我们的脚还插在水里，上半身倒在岸边的水泥地面，像湖边的两棵植物。水泥地被太阳晒得发烫，我看见上学去的人们树林一样的腿。我闭上眼。太阳越来越烈，在我闭着的眼睛里，它先是明亮的红，然后是万点金星，灿烂辉煌。身上被晒透了，汗也被晒干，我感觉自己像一截晒透了的干草，随时可能被点着。我不再关心别人看到会怎么想。有个多管闲事的人走过来，脚步声在我们旁边逗留。

“干吗呢？”他说，“装酷？”

“不晒得慌吗？”

“嘿！够酷的嘿！”

“睡着啦？”

他到底走了。

我真的睡着了。

那天在太阳下暴晒的痕迹，在我们脸上逗留了整个夏天，而我们从那一天重新获得的默契，存在得比它更久。

那年暑假，我跟小宝约好一起旅行。

我跟我妈请假，她沉默半晌，什么也没说，挂了电话。

一星期后，我要的路费寄到了；小宝又去打工，她同时在两家酒吧做事，每天做到四点才睡，累得在考试时睡着了。但到底凑足了路费。

目的地是西藏。谁不想在有生之年去一趟西藏？那时西藏还不通铁路，我们也没钱坐飞机，所以是转三次火车，然后坐长途汽车。这一切都写成了计划书，变成一个步骤严密的旅行手册。

我们还需要一个男生。确切地说，是我认为需要一个男生。两个女生长途旅行到底不妥。我叫李昌吉一起去。他考虑了很久。暑假他本来要报一个托福口语班的。但西藏他也想去。以后功课日紧，再以后，出了国想去可就难上加难了。我不停游说他。他一度介绍他的同学跟我们一起走，但放假时，那男生决定还是回家，于是李昌吉决定跟我们一起走。

他决定以后，便以领队自居，把我们的旅行手册研究了一遍，又上网查了许多资料，添了一些装备。他坚持要带帐篷与睡袋，可西藏又不是无人区，我们肯定是要住招待所的嘛。况且，睡袋与帐篷那么重，又占地方，老远背去实在不划算。他说他会带一个帐篷，两个睡袋，他自己背，反正他的登山包里还有空。

我见识到男生的固执。出发时，李昌吉背着他小山一样的背包出现，那只包放在地上，到我腰那么高，我试着背起来，双腿一软差点跪倒。我嘴里不说，多少有些内疚。让他放一个睡袋到我包里，他也不肯。我们在门口的牛肉面馆吃了三碗牛肉面，李昌吉的那份是加肉的。然后，便开始了我们的长途旅行。

我们是夜间路过青海湖的。我睡着了，被小宝的歌声吵醒。之前她推了我半天，我困得眼都睁不开。然后，我听到她唱歌，声音越来越大。我们坐的是硬座车厢，过了晚上十二点，车厢里大灯就关了，只剩行李架上几个小灯泡发着昏暗的光，照着破破烂烂的车厢，气氛惨淡。我听到小宝唱歌，可我的眼睛像被缝上一般，怎么也睁不开。她在唱《敖包相会》，我没想到她能顶到那么高的音，听上去似乎要把全车人都吵醒。我眼睛迷迷糊糊睁开一条缝，看见她脱了鞋蹲在座位上，扒着窗户向外看，整个人像一只马上要飞起来的大型飞禽。“你要把人都吵醒啦。”我嘟囔。

“就是要把你们都吵醒！你们这些懒蛋，过青海湖也不起来看，给我起来！”她拿脚踢我。我身后传来一个女人声音：你们不睡觉吵什么吵！

在吵架之前我坐起身，对面的李昌吉已经醒了，微笑地看着我们，又看看窗外。我凑到狭窄的窗玻璃上，天地之间什么也没有，只除了极辽远处一面湖泊，以及天空里一轮明月。脑子里出现八个字，万古长空，一朝风月。这景象美到凄厉，令人哑口无言。

“如果现在能下车该多好！”小宝无限憧憬地说。

“其实现在车速很慢，理论上人可以跳车，而不至于有太大伤害。”李昌吉慢吞吞说。

我瞪了他们两人一眼：“说什么废话。”

小宝笑起来：“不跳，不跳。你放心。”

她的样子，好像不跳车是给了我多么大的面子。我气愤愤地又瞪了他们两人一眼，以震慑他们在我睡着时不至于乱来，然后，睡意迅速把我吞没，我睡着了。

在格尔木买长途汽车票时，最近的一趟车只剩两张票，可下一班又要等很久。卖票的人叫我们去问司机，车上还有没有空位。司机很年轻，留连鬓胡，长头发，只差再穿一条喇叭裤，就活脱是从80年代走出来的时髦青年。他说，我们可以有个人坐在司机旁边，那里有个折叠椅。当然没有卧铺舒服了。但我们可以轮流坐。他眼睛太活，滴溜溜围着我和小宝看。我都想放弃这趟车了。但小宝说她愿意坐司机旁边，因为视野开阔。李昌吉争夺无效。最后我们说定了，白天小宝坐前面，晚上大家轮流睡。然后我们上了车。

这是到拉萨前的最后一趟车。到了这里，我们都已经感觉物价比想象中贵。所以一路上我们吃得极为简单。但第二天吃饭时，小宝把我们叫到一个包间，司机叫我们和他一起吃。饭是米饭，菜是炖肉。我跟李昌吉对看一眼，他毫不客气坐上去就吃，我奔到门外，吐了。

那是我一路晕车的开始。

说到这儿，不得不提一下长途汽车。我知道有人坐硬座火车，长途之后发疯。但相信我，硬座火车还不及长途汽车可怕。表面上看，长途汽车是卧铺，要比硬座舒服。但是，当你整个白天，都只能坐着或躺着，因为头上还有一层卧铺，你站不起来。当你在一个封闭的空间里呆到第三天，它充满了人体的气味，袜子味儿，脚臭味，还有泡面味。当你看到身边的小孩在拉稀，他直接拉在铺上，他的妈妈用卫生纸接着、裹好，探过你的身子丢出窗户——你担心卫生纸里的东西会漏到自己身上，又会想，自己身下的床铺会不会也曾有人直接拉屎其上？想到这里，你会想尖叫，却发现自己已连尖叫的力气都没有。只是把身子探到窗外，一遍遍呕吐。

李昌吉在我上铺，上铺要比下铺更容易晕车，且行动不便。但这并不能安慰我。我两天没有吃东西，光靠喝水维持着不至虚脱。

我担心自己过不去唐古拉山。这时外面的气温越来越低，路面结冰，千山覆雪，满目萧条。我吐得昏昏沉沉，连叫小宝过来的力气也无。她倒自己过来了，脱掉鞋子，挤到我的铺上，问我喝不喝水，要不要吃东西，我已经没有力气跟她说话。感觉她把一只手放到我额头上，我睁开眼，说：我要下车。

“嘘。别说话。”她脸色平静，她的手掌微凉，让我发烫的额头倒是好受一些。我精疲力竭，眼皮越来越重，最后的意识是邻铺的女人跟小宝说着什么，她说的是藏语，小宝说汉语。藏族女人转头跟别的藏民开始说话，我都听不懂，沉入昏暗的无意识之中。

醒来时是半夜。小宝还坐在我身边，见我醒来，问我：好些了吗？见我点头，她穿上鞋子，回去坐在司机旁边。

他们坐在一起就不停说话，听上去兴高采烈的。

进入拉萨是正午。我们拿了自己的包，准备走。小宝留在车上，跟司机说个不停，过会儿她下来，说司机愿意带我们在拉萨玩，吃住都免费。我听了觉得不妥。看看李昌吉也一副不以为然。路上休息时，小宝跟我们讲过司机的故事，他结婚几年，外头有了女人，现在那女人逼他离婚，否则就死给他看。他只有跑长途的时候才觉得耳目清净。我们怎么能把自己交给这种人,一起旅行?“你知道他是好人坏人?”我说。

李昌吉说不管他是好是坏，我们有自己的旅行计划，现在一下改变，是否妥当。因为司机并不打算去外地，只是待在拉萨休整。我们出来的天数是有限的，目的地里的日喀则与纳木错湖，不去岂不可惜?

我们说来说去，只是不想跟着司机走。小宝慢慢有些不高兴。她眼睛里又显露出我熟悉的不屑与傲慢，好像在嘲笑我们的过分担忧。她转身跳上车——有一瞬，我真的以为她会告诉我们，她决定跟司机一起走——她在车上停留片刻，说了几句话后，司机起身，两人拥抱，小宝下车。

汽车开走了。只留下我们仨，三个背包，还有拉萨的一地烈日。

6

去纳木错湖,要先坐客车到当雄。正午时我们到达当雄，打听怎么去纳木错。回答泼了我们一头冷水：当雄没有直接去纳木错的客车。只能包车，而且是上午才有。包一辆车一天 500 块。我们没有钱。看来只有搭便车了。

我们站在去纳木错的路口，伸出右手。烈日当空，晒得我眼中金星乱冒。等了大约一个小时，一辆吉普车从公路另一端出现，在我们的眼巴巴的期待之下，停在我们跟前。副驾驶座上的中年人看上去很像干部。他听说我们要去纳木错后，大为摇头：纳木错距离这里还有 60 公里，极为崎岖难行。我们就算到了也天黑了，未必能再赶回来。再说他的车也不到。他劝我们在当雄住一晚，明天包车去。我们请他捎我们一段就好。反正我们自带帐篷，就算回不来也不是大问题。

他犹豫了很久，还是让我们上车了。外面下起了中雨，我忧心忡忡。这是一段上山路，果然极为崎岖，我们坐在后座，几次从座位上弹起来，头撞到天花板上。小宝吵着要听音乐，中年男人让我们自己选，那是一堆邓丽君和凤飞飞，小宝向我做个鬼脸，选了张没有标签纸的磁带，放出来，是一个女人尖着嗓子唱“夏天夏天悄悄过去，留下小秘密”，“压心底压心底不能告诉你”，我和小宝一起大声唱，笑到东倒西歪。车子外头，急雨转成冰雹，天色渐暗，雪粒子打在车上蛮横粗暴。中年男人一再说：这怎么行，你们搭不到车的。小宝说，那您就好人做到底啊。最后他真的绕了路，多送我们一程，把我们放在一个去纳木错的路口，他说，那里离纳木错仅有十里路。吉普车开走了。

冰雹停了。西边还有一线阳光。只有草地上像盐一样的痕迹，显示出刚刚下过一场暴雨。

我们上路了。

我从来没走过那么吃力的十里路。后来我才知道，纳木错海拔超过 4500 米，人待着不动都可能有高原反应。何况我们负重而行。但当时只是气恨两个同伴都若无其事地走在前面,为什么自己那么虚弱。我咬着牙拼命走。我才不要示弱。

日落之后，周围景象变得模糊，脚步声却越来越大。除此之外，万籁俱寂。我们离开公路已经很远了，听不到一点人声，这种寂静里带着一种压迫感，让我们忍不住想要说话，来与之对抗。小宝一直在唱歌。她的声音里有一种荒凉野蛮的气息，跟眼前这景象既对抗又相呼应。

天黑了。我们不再受白天的保护，现在，我们的每一步都像是深入到野兽腹中。一个漆黑血腥的世界。恐惧让我感到窒息。我竭力想抛开脑子里越来越明显的危险信号：也许我们迷路了。现在说这个没有用。我恨我没在出发时就相信理智，拦住他俩。

周围一直有流水声，但却总走不到它的跟前。毛衣里面被汗塌湿，露在外头的手和脸却几乎要结冰。我的脚掌在渗出液体，也许是血，也许是水泡破了。我都不知道。我只是麻木地走。

“咱们要走到什么时候？”小宝停住脚。她的声音在黑夜里像一根火柴。“现在是八点三十分，下公路是六点钟，十里路不应该走这么久。咱们可能迷路了。”

李昌吉转过身来，他的包最重，一路仍不停把我们的东西分装到他的包里，像一头沉默的骆驼。“我们把包放下，商量一下吧。”

“我不走了。”小宝坐到包上，宣布。

“在这里扎营，安全吗？”

“这里地势平坦，我们的帐篷是防雨雪的，有一个双人睡袋，你们俩用。两个睡袋都是羽绒的，现在这种天气没问题。”李昌吉没有坐下来，他拢了些草和木头片，点了一堆火。

火光让一切变得熟悉，安全。我们不再犹豫，开始做露营准备。李昌吉扎帐篷，我和小宝烧火做饭。小宝手脚利落地在地上挖一个浅坑，周围杂草除净，放几块大石头，里头放一个搪瓷饭盒，倒进去固体酒精，点着了就是个酒精炉。我诧异她这套手续做得麻利，她头也不抬：“我离家出走过。”

找不到水源。我们只有三瓶矿泉水，李昌吉多带了一大瓶。勉强够煮面用，洗脸刷牙就免了。小宝除外，她不刷牙睡不着，我们匀了半茶缸水给她。李昌吉一直在忙个不停，面露不快。我当时不知道他在生自己的气，气自己没有考虑周全，没有多带水，没有像个男人一样掌控全局。说起来，我们这趟旅行虽然做了周密计划，事到临头才发现只是纸上谈兵。我们必须对每件事情进行判断，做出决定。一路上，我们都在小宝的直觉型冲动和我的谨慎之间不停选择。我们学会妥协，但妥协以后又不甘心。于是不免磕磕碰碰。如果按小宝的想法，我们现在应该已经到了阿里。但脱离计划，靠搭车去那么远，我说我宁可退出。

于是我们现在在这里。即便是按照一个谨慎者的意见，我们难免还是落到前不着村，后不着店的地步。不知道小宝会不会嘲笑我，既然如此，索性还不如到阿里去呢。

李昌吉早上跟藏民买了瓶青稞酒。酒装在一个没有标签的矿泉水瓶里，颜色发黄，浑浊，像我的家乡的黄河水。“你们要不要喝点儿，驱驱寒。”

小宝拿过去，一仰脖喝掉一大口，呵呵有声：像汽油一样！

我接过瓶子，先尝了一小口：甜而烈，像点着的汽油，一路灼伤着肠胃往下淌。

天空中，大颗大颗的星星布满视野。西藏的云，即使入夜之后仍变幻不息。云朵如堤，星似长河，波光荡漾，不可方物。为着看星星方便，我索性躺到地上，我的耳朵后面有许多小黄花。李昌吉给我拿了防潮垫，让我垫着。我心满意足，轻轻地哼着歌。

不知道喝了多久，酒只剩下半瓶。李昌吉开始控制每个人的饮酒量。每次不能超过一口。但小宝的每一口都喝得山响。我们说她要赖。

"咱们来讲各自的小时候吧。"她提议。

"转移话题！你先把手里的酒瓶交出来！"我揪住她不放。

"从几岁开始说呢？我记事比较晚。"李昌吉说。

"有多晚？"

"就是……直到中学时……之前脑子里像是蒙着一层纱，记忆都是断断续续的。"他有点难为情。

"那就从中学开始说吧。"小宝趁机又喝一口酒，"李昌吉，你先说？"

"初一时我 13 岁，是个孩子王。整天带着一帮男生打群架。老师来了，女生就给我们通风报信。我喜欢其中一个女生，可又不知道我其实喜欢她，就整天找她麻烦。比如把她书包放到男厕所墙上。有次我拿石头砸她，把她头打破了，还是我爸给她缝的针。放下针，我爸把我揍了一顿。那是他第一次揍我。”

“小丘？”

“我还没想好。你先说。”

“初一时我 12 岁，学习成绩忽然滑到二十名以下，我妈骂我。我很吃惊，我发现他们的爱是有条件的。我学习好就有奖励，成绩糟就要挨打。他们到底爱的是分数还是我呢？从那时起，我开始怀疑人们所说的爱是什么。”小宝把酒递给我。

“初一时我 12 岁，”我犹豫不决，喝了口酒，酒劲上涌，我忽然高兴起来，“我妈开始给我辅导初二的几何。从小我们都是这么干，提前学一半，这样总能保持心理上的优势。这个办法一直都有用，可是到几何，我老也学不会。我每天做习题，做考卷，还是不行。忽然有一天，我发现我脑子，以前转得飞快的，现在明显感觉里面有根弦松了，怎么也转不动。连原先拿手的语文跟英语也跟不上了。医生说我是神经衰弱，建议我休学一年。”我把酒递给李昌吉。

“初二时，我爸告诉我我是捡来的。我说，我已经知道了。

他不知道再跟我说什么好，后来他说，好好用功。挥挥手，我就出去了。我们之间总是无话可说。他很沉默，在单位里话也不多，有很多升迁机会，就因为这样错过了。我觉得他一直都很压抑，我猜他后来得癌症也跟这个有关。我想让他开心，就拼命学习。因为这是我唯一会的。”李昌吉笑了笑，喝掉一口酒，传回给小宝。

“初二时，我妈到外地工作，半年后回来。她问我想不想她，我说不想，她不在家没人管我，我过得比较高兴。我妈哭了。我爸打了我一耳光。”小宝把酒瓶递给我，“我说了实话，却因为说实话挨打。那之后我明白，大人们根本不想听真话，他们太软弱。”

“我在家休学一年。原先的同学都比我高了一级。我很焦虑。我不愿意出门，别人来我家也不打招呼。他们说我变得呆头呆脑。我妈却一直陪着我，她强迫我每天跟她出门散步，她走路是昂着脸，挺直腰，她命令我也昂首挺胸地走，她说，人不能示弱，示弱了别人就能作践你，但你自己不示弱，别人就拿你没办法。一年后，因为老在家，我胖了二十斤，裙子穿在身上紧绷绷的。上学时我被所有同学笑。期末我考到年级第一，再也没人笑我。”我晃晃瓶子，递给李昌吉。

“初三时，我爸检查出来得了癌症。”他简单地说完，喝一口酒，转手递给小宝。

“初三时，我跟社会上的男孩谈恋爱。我妈气疯了。把我关在屋里不许出门。她关了我一个暑假，有一天，我跟她说我要出去。她不准。我说，你要么让我出门，要么我死给你看。她还是不开门,我就从阳台上跳下去。”小宝卷起裤腿，露出腿上的疤，“那天是大晴天。院子里都在晒被子。我跌到撑衣竿和被子上，拣回一条命。就只是腿摔断了。”小宝喝了一大口，把酒递过来。

“初三毕业时，考试完我回到家，”兴许是喝多了，我感觉一阵突如其来的反胃，等那股劲过去之后，我不动声色接着说，“家里没人做饭，我妈躺在床上。过了很久，我才知道我爸在别的地方又结了婚。我看过那女的的照片，又黑又瘦，比我妈差远了。很长时间，我妈害怕出门。她要面子，她害怕看见别人脸上兴奋的同情。我强迫她每天跟我出去散步。我们俩挺着腰板一道在街上走。我觉得我像是她手里的一根拐杖，我知道我必须得撑住她。但我没想到，从那一天起，我就变成了成年人。我再也没有任性过。所以我好羡慕你小宝，你可以这么样地随心所欲。”只剩下个瓶底，我一口气喝干，摇摇晃晃站起来，“我要去嘘嘘。”

“我也要。”小宝跟着站起来。

“我给你们照着路。”李昌吉从火堆里抽出一根火把，举起来给我们照明。

我们走出去老远仍然被他的火把光笼罩，我生气地叫他：别照啦，笨蛋！

他才恍然大悟地放下去。

我又听见不远处的水声。天空里，星星全都在打转，拖着喝醉的尾巴，身边的小宝仿佛幽灵。

“你好像——比刚开学时长高啦？”她站在我身旁，大着舌头说。

“哪有！你不还是比我高这么多吗？”

我们面对面比划个头，她的呼吸里有浓重的酒味，一波波地袭人而来。我屏住呼吸，控制着自己不要失去平衡，不要栽到地上。

远处的水声变得大了起来，像大海涨潮。星星异常明亮，仿佛要溢出天空。

“回去吧。你还能走吗？”我问她。

“能！”说完这句话，她就一头躺到地上，怎么也不肯起来。

最后是李昌吉来，把她抱回帐篷。

她在帐篷里犹自狂呼乱叫，嫌热，要脱掉衣服睡觉。

“我也要！”我站在外面，一时没有进帐篷。火堆熄灭，四周一片漆黑。天地仿佛连成一个完美整体，我立于其中，如此渺小，但竟也存在，并且能清晰地意识到自己的存在。这种感觉如此奇妙。

我脱掉外套，把鞋子留在帐篷的夹层里，膝行进入帐篷里面。里面更黑，乍一进去，什么也看不见。

我摸索我们的睡袋，睡袋里没有人。我停住手，呆呆地跪在那条瘪着的睡袋上，直到眼睛适应了黑暗，而在那之前我已经明白了。小宝的衣服丢得满帐篷都是。鞋子左一只右一只地扔在空着的睡袋上。鞋带都来不及解开。他们沉默而激烈。

我默默地爬出去，穿鞋，撩开帐篷向外走。最难过的是穿鞋，肿胀的脚几乎无法塞回鞋中，我用力一提，眼泪直涌。

我边流泪边往前面走。

不一会儿，小宝从后面追上来。

我们的酒都醒了。

她默默走了会儿，突然问我：你喜欢李昌吉？

“不！”我断然否认。我不知道我为什么否认。

“你明明喜欢他，干吗不承认？”她真是欺人太甚。我再也忍不住，转向她大喊起来：你知不知道自己是个女孩？你知不知道什么叫自爱？你知不知道随便跟男人做这种事是可耻的？你知不知道要脸？

她呆了一下，这片刻她仍然紧紧跟着我走，然后她停住步子，“你为什么骂我？”我也停下，转身看她，黑暗里什么都看不清，她的声音里带着泪音，“为什么你们要因为我的感情惩罚我？我妈妈是这样，你也是，每一次都是这样。我到底有什么错，我只是真实面对自己的欲望，你们不敢，还要惩罚我。你不觉得你很虚伪？你明明喜欢李昌吉，偏说自己不喜欢，你敢发誓你不喜欢他！”

我不做声，低头急走。每走一步，都像走在刀子上一般。

我喜欢李昌吉吗？我对他有欲望吗？是的！是的！但我不能承认。因为我不能示弱。我泪流满面，越走越快，最后跑了起来。

我笨拙地跑着，像随时可能栽到地上。我恨我笨拙的身体，我恨我自己。小宝从来不会恨自己，我真羡慕她。我没有方向地狂奔直到大脑一片空白。

忽然间天就亮了。

天亮了。眼前出现一个湖泊。水面被映成天空的颜色，并且随着天空的明亮，每一分钟变得更蓝。纳木错，这就是纳木错。我停住脚，周围静到不可思议。这被藏民奉为圣湖的纳木错湖就在眼前，据说在这里许一个愿望就能实现。我们千里迢迢，专门来看的纳木错就在眼前。我不知道我心里是什么滋味，小宝却已经尖叫起来。

“太阳出来了！”

太阳仿佛直接从湖心升了出来，金光坦荡，气象万千。

小宝“唰”地脱掉外套，甩到地上：“小丘，我要日光浴，你要一起吗？”

我踌躇，环顾四周，不远处的草地有几只牦牛，低着头吃草。除此之外，视线所及，绝无人影。“被人看见怎么办？”

“这里哪有人！”她已经脱完衣服，坐在衣服上解鞋带。

“李昌吉要跟来呢？”

“他只会待在原地等！你又不是不知道他！”她连袜子也脱掉，躺下去，用手遮着眼看我：你真的不要试一下？别后悔！

我飞快地扯掉衣服，鞋袜，恐惧和羞耻感像两把利刃，然而同时我心里升出另一股力量，强大到足以对抗。我恶狠狠地，近乎粗暴地蹬掉鞋，赌气似地躺到地上，裸露的皮肤接触到空气，陡然起了一身鸡皮疙瘩。我举起双臂，皮肤因为寒冷而紧缩，焕发出一种淡淡的紫褐色，我攥紧双手，对着天空用力挥舞。

这个角度，天空和地面连为一体，几万吨云朵直压下来。这里云朵的那种白，看到之前无法想象，它们白到仿佛是一种暴力，白到触目惊心，白得不留余地，整个天空仿佛有一万匹白马狂野驰骋。我真想,像野马一样在草原上奔跑。我躺在天空下面，土地之上，我离地面这样近，近到能够闻到耳后小黄花和紫色花朵的香味各不相同，我能感受到草根以下的泥土里的血液，缓慢流淌，深沉悠长。有一瞬间，我能清晰地感觉身边纳木错湖泊的心跳，土地的心跳，天空的心跳，一切都有心灵，一切都在和我胸腔中的心脏相呼应，相应答，相呼唤，相谐调。

“啊——”我放声大喊，延绵不绝。

“啊——”小宝喊得比我更大声，几乎是在吼。

“啊——啊——”我拼命喊拼命喊，叫出来的声音比我自己体积还大，我不知道它是怎么从我身体里发出来的。

“哦！”小宝简短说，“原来你可以叫到这么大声。”

那天后来，小宝跟着一群北京来的游客离开，搭便车去林芝，让我把她的背包寄到林芝的驴友之家。车开走后，我叫她：“你忘了外套！”小宝探出身挥挥手：送给你。那是一件红色的冲锋衣。我从来不穿的颜色。我要它有什么用！

我独自在湖边又待了很久，纳木错湖的湖面有一千种蓝色，一层一层变幻无穷。后来我觉得太安静了，静得好像世界上只有我一个人，我把风雨衣举过头顶，对着湖，对着天空用力挥舞：哎！我在这儿哪！我在这儿哪！

“谁找我？”

“我呀。我呀。我在这儿哪！”

我静了一会儿，没有人出现。我往回走，回到昨晚我们的扎营地，李昌吉果然还等在那里。他会一直等下去。他就是这种人。我们收拾东西，准备离开。他脱掉外套，只穿件白衬衫干活，在他起帐篷钉、卷睡袋，整理背包时，我无事可做，看他忙得出了一头汗，就过去给他擦汗，一边不经意问：你到底有多高？怎么看起来跟我差不多。

“胡说！”他站直身子，比我高出一个肩膀，我感觉到他身上蒸腾的汗味，“喔，原来你这么高。”我说着，踮起脚亲了他的嘴。

2007 年 12 月 19 日，天津

地狱的拯救

1

年味已经越来越淡，但人们并未找到替代之物。正如故乡越来越陌生，但仍年年地回，因为除此之外，不知道该去哪里。所以今年，尽管两手空空，我还是回到宝城。和母亲上街时遇到亲戚，“路路回来啦？”“回来了。”对方迟疑了一阵，犹犹豫豫地：这回不走了罢？这句不得要领的话中有一种朴素的安慰，像小时候流血他们抓一把“姥娘土”敷于伤口。他们相信故乡是最没有办法时的办法。

小时候，过年是我最难熬之时，每天都有家族聚餐，每天见到同样一批人，时间好像冻结。长大后发现，酩酊大醉、清算旧账、决裂离婚，一个家庭中最大的戏码都会攒到春节上演。我以为我会是今年家族中的主角，没想到小年那天父亲说，你西拐街的爷老了。

西拐街的九爷爷是我爷爷的叔伯兄弟，昨晚后半夜，他儿子披衣出来撞见一个男人翻墙逃跑。开门进屋，只见九爷爷两眼翻白，脖子上还留着一根麻绳，勒痕高肿。永达伯觉得小偷仿佛是护工杨卫民。警察找到后者时，他喝得人事不省，大冬天躺在院子里睡着了。衣服上的土，说是昨晚回家忘带钥匙，翻墙蹭的。正当警察把他列为高度犯罪嫌疑人时，醒过来的九爷爷说，不是卫民。

父亲去吊丧。我说我跟你一块儿去。两年前父亲得了痛风，春节串亲戚的任务就分给了我和我妈。我妈自己也能跑得完，但她伤感地说，万一以后我俩都没了，你连亲戚家的门都不认识，可怎么办呀。于是我分了一半的亲戚，九爷爷在内。这种串门真是没意思透了，每户一桶廉价的花生油或者伊利蒙牛牛奶，不会有人给你送特别贵的，但也不会有比我说的这两样还便宜的东西。九爷爷住的房间，进屋一股尿骚味，即使把床头那盏六瓦的灯泡打开，也难以穿透屋内黏稠浑浊的光线。桌上搪瓷碗边结着风干紧缩的面条，看得出来，这屋子平时已被遗忘。

现在它变成灵堂。灯全部打开，我突然发现这间屋子还可以这么金碧辉煌。只有淡淡的尿骚味阴魂不散。我看看脸上压着黄纸的九爷爷，又回头看看他生前的睡床——那个角落仍然昏暗，光线到那里，仿佛被黑洞吸收，深不见底。

人群突然静下来。大家看着一个新进来的人，好像见鬼。连只管陪着磕头的永达伯也抬起头，直勾勾地瞅。我意识到这就是卫民，九爷爷生前的护工。

穿西装，几十块钱的那种，套在他的小个子上显得形神俱散；皮鞋当拖鞋趿拉着，一走一掉；面色苍黄，被劣质白酒泡得太久要裂开般的浮肿。这个人，给人的感觉，是说不出的卑污。不只是因为他的西装上溅到的血渍、来历不明的黄黑色干结物，还因为他身体里透出的腐臭的气息。他像地底下的动物，大白天就跑了出来。

他走进来，没看别人，一直走到九爷爷灵前，磕下四个头。额头撞在地砖上，声音钝而广阔地扩散，我的脚底都在震动。他比这里所有人都更全心全意地投入到这件事里，这种投入让他与众不同，我几乎忽略了他微跛的右脚。

他走后，半晌，大家重又嗡嗡嗡地议论起来。我问永达伯，查清楚丢了什么东西吗？永达伯丧气地说："你奶奶的首饰：一对镯子、一对耳环、两个金镏子，一条项链，全是纯金的，解放前哩老东西。你爷爷死后一直没找着。临咽气时我问，到底是丢了，还是收到哪儿了。他眼睁睁看着我说不出来话。好几万块钱的东西，主要还是，这是俺娘留下的，现在连个念想也没了。"永达伯垂下头，眼泪滴在粗麻布白色孝服上，洇出一团团黄褐色不规则圆点。

2

我没有留下吃猪肉炖粉条，先回家了。永达伯拿出个白信封，让我把刚刚忘记给的工资捎给卫民。里头是一百块钱，卫民来了三天，凑个整数。送我出去时，看见我推出自行车他惊讶地说："你没开车？"往年是前夫开车，我在后面念安徒生童话给叮当。我完全不知道养孩子的过程能够如此治愈，仿佛同时在抚养两个小孩，一个叮当，还有一个幼年的自己。所有童年阴影都被抚平，我学会无条件接纳自己，就像无条件接纳叮当。那时我还不知道所有的眷恋依赖都会致命，因为人即使知道了"无常"，也总以为自己不会遇到。这不是侥幸心理，而是伟大的爱与希望。就像即使知道会死，人还是努力地活。

卫民住杨庄，外面是去年新修好的马路，两边都是百元上网宾馆、超市、饭店，很"现代化"。从马路中间一条窄胡同进去，蓦然，眼前改天换地，颜色都不一样了。冬天的农村一片土黄，几条追逐的瘸腿土狗是眼前唯一的生机。跟人打听卫民家，问了几次，终于有个胖大爷知道："杨卫民？你跟我走。"

胖大爷背着手，健步如飞地前面带路，我推着自行车，小心避开地上湿漉漉的牛粪和干瘪的狗屎。“亏得问到我。阵这清是乱得很！一村的年轻人乱跑，谁也不认识谁，见人也不知道下个称呼。遇到我，算你幸运。我在这庄儿住了六十年了！”大爷停住脚，冲一条挡住道的断尾巴狗威吓跺脚，断尾狗蔫蔫地让开，仍尾随着，深红色流脓眼睛深深地盯着我们的手。脊背高高凸出，毛皮松松垮垮地挂在身上，像大一号的外套。我蓦地想起，同样穿着松松垮垮大一号西装的卫民。

大爷还在前面絮絮叨叨，“他娘可怜，年轻轻守寡，怀孕时天天哭，生下来没奶，瘦得像狗。这孩子，夜夜哭得全村人睡不着，清是招狼哩，那喉咙清是铁打的！后来才知道他胎里带病，最后命是保住了，右腿落了个残废”——原来他还在说卫民。“他爹也死得惨！那一阵俺村都觉着，这家人怕不是遭报应了吧。”

“他爹咋死的？”

“上吊。”老头顿住脚，回过头冲我森森一笑，“把自己吊死在西拐街的观音庙里，吊了三天三夜。后来是后面翻砂车间的工人闻见味，想着是死老鼠，一路找过去，打开殿门一看，人胀哩老大老胖，浑身绿毛。那时他还在他娘肚子里哩。”

喏，就这家。

开门的一瞬，一只老鼠急忙消失在墙缝。刚刚在灵堂见过的卫民，现在满身酒气，大白天，他已喝醉。双目跟断尾狗一样，血红血红，盯着我。院里靠墙是堆积如山的一次性饭盒，没洗的锅，碗，一次性筷子。蚂蚁顺着残羹冷炙爬成一条涌动的、蜿蜒起伏的黑线。

墙角厕所门口，放着一尊佛像。半米来高，瓷的。我皱眉，“佛像不要放在不干净的地方。”

“啥？”他回过头去，“哦，那个……本来想扔，还没来得及。”

打开信封，卫民瞅瞅我，忽然面露一个莫名其妙的微笑：“幸好你今儿来。明儿,你就找不着我了。明儿个我上郑州。”

胖大爷一个虎扑，攥住卫民胳膊：“好家伙，终于攒够钱了？”回头跟我解释：“这孩儿清是娶不上媳妇。亏是这几年，城里人流行找护工看护病人，黑天白夜地干，总算存住点钱。你不是说，还得再存一年吗，就够了？”

“够了。明儿就上郑州。”

胖大爷忽然想起有向我解说的义务，急忙回头悄悄告诉我：“卫民是去娶越南新娘！统洋气着哩！”

“我是看着你长大哩。看着你四十岁了还没有老婆，我心里不知道多难受，有时夜里睡不着，操完俺孙的心就操你的心！恐怕杨家要绝后。我跟恁爸还是弟兄们！你这孩子气性大，不合群，整天独来独往，不跟我们交心，我想帮忙也帮不上。人还是得结婚生孩子，没有小孩，你活谁嘞。不怕你多心，我以前睡不着替你发愁，想起你没小孩，你死了，连一个给你摔盆的人都没有！你地底下的路都是黑哩。”说到后头老泪纵横，大爷难为情地背手走开，别过脸咔地射出一口浓痰。

杨卫民的样子根本不像要结婚。胖大爷攥住他手说得动情，他一直烦躁地往回抽手。现在他盯着我，挑衅地："你看我干啥？是不是觉得我这钱来得蹊跷？想起你大伯家进贼的事？可是连你爷都说不是我！你有啥门。”他呵呵笑着，突然闪电般掷出皮鞋击毙一只硕鼠。趁他捡鞋，我赶紧走开，离开这个喷着臭气的小院。

路上，胖大爷的话像经过变声麦克风，以一种诡异的直直的频率在我脑中重放：他爹死得惨！吊死在西拐街观音庙。吊了三天，是后面的翻砂车间的工人闻见味，一路找过来。

九爷爷退休前就在那个车间。他是翻砂工。

九爷爷家在一条窄胡同的最底部，胡同另一头，穿出去是片圆形池塘，夏天开满荷花。观音庙紧挨池塘。说是庙，只不过是间大屋子，大横案后头，是一米多高的木雕观音，红霞帔的肩头落着厚灰。磕头时，忽有磬“铛”的一声，悠扬清脆,把黏稠的空气振开一波波涟漪。“师父们都去念经了，那头胡家老爷子不在了。”敲磬的妇女说道。

从前我觉得一个人磕头的样子很可笑。离婚后我想人真是可怜，所谓坚强只是遇到事情之前的幻觉，“战壕没有无神论者”，世间的痛苦是超自然的沉重，人本能寻求同样超自然的力量以对抗。

一阵冷风，把永达伯家的响器声吹送过来，天色幽冥，将雪未雪，高八度的唢呐声此时听来格外哀戚。冬天是老人死去的季节，往年春节，探望九爷爷时，外面若有响器声，他便面容耸动，侧耳倾听，十分在意。

如今，他也成了高亢荒凉的唢呐声。观音庙的后面，就是九爷爷以前的单位铁锅厂。其实小时候，我很喜欢去九爷爷家玩，他是翻砂工人，力大无穷，把我像猫一样抛上抛下，抛多高都没失过手。又没有架子，喜欢给我当马骑。他是我骑过的大人中跑得最快的。厂子早已破产，荒着偌大一个院子，里面有几棵高大的杨树，还有许多乌鸦及鸟巢，每到傍晚,乌鸦回巢,高叫出一片黑压压的寒气。杨树又叫“鬼拍手”，风起时，它们哗然得下雨一般。所以，小庙虽无人，却并不平静。比如此刻，就像后院有人叩门，其声越来越大，最后简直像在狂暴地砸门。

“外头是谁？”不知何时，庙里多了一个人，站在阴影里，像灰色调在黑色里一样不显眼。这时他冲到后门，趴在门缝往外看，即将入夜，光线是深蓝色。他狂喊：“外头是谁？！”

中年女人的声音传过来：卫民，别怕，是胡家老爷子死了。咱县死的人，都要回到这儿收脚印。一会儿就走了。

脚步声渐渐走远，轻不可闻。

卫民擦擦额头，走到女人面前：给俺爸捐个长明灯。保佑保佑。

他拿出那个白信封。小心翼翼地掏出一百块钱，又倒转了口，倒了倒，生怕里头还有钱他没看到似的。

他放下钱就走了。就跟他出现一样突然。

“他爸死得惨。”女人说。

这时，庙里几乎已经看不清观音的面容了。“是啊，听说就吊死在这间屋里。怎么选这儿。冒犯神佛。”

“噫？你不知道，这里原先是他们家的。解放后，他爷爷把庙送给街道，才办了铁锅厂。他死在这儿，是一口怨气不消，让老天爷替他做主哩。”

这时我俩都来到庙门外，她锁好门，骑车远去。下起了雪糁子，唢呐声夹杂其中，寒冷刺骨，像一个冤魂呜呜咽咽地哭。我仰脖听了会儿，也推车离开。

卫民没走远，坐在墙根抽烟，屁股下是一尊盘坐莲花的无头佛像。烟头在黑暗中一红一灭，红光乍现间，我看见他的眼。如果我对他一无所知，一定会以为，他刚刚死了亲人。

回到家，我问母亲：是不是院子里的肉放坏了？我妈说没有啊，牛肉都放冰箱，铁丝上挂的几条鱼是昨天才杀，这天气不可能坏。我还是逐条拎起嗅过才罢。“不知哪儿来的臭味，”我耸动着鼻翼，“你闻闻，你闻闻。”母亲跟着我嗅了一圈，茫然看我。

3

九爷爷尸体在家里放了七天。父亲因为会做大锅菜，去永达伯家帮忙掌勺，做猪肉炖粉条。他回来说，怪哩很，杨卫民天天来。来就一屁股坐在灵堂里。对面一排孝子贤孙，抬头跟他正脸对脸。你说邪门不邪门。最吓人的是，他还跟死人说话。

守灵是轮值。我两个姑姑和永达伯的闺女胡婷守下半夜。天麻麻亮时，胡婷半梦半醒，听见屋里有人说话。她一口气跑到院里。俩姑姑醒来，只看见杨卫民站在尸体前，像在争论，说得激昂。

大家也怀疑卫民就是那个小偷，偷走奶奶的金首饰，勒死九爷爷。但九爷爷从昏迷中醒来说得清清楚楚：不是杨卫民。那几乎是他说的最后一句话，之后就开始大出气，一口一口地出气，像被放了气的气球一样渐渐瘪掉，断气。

就算出于一种我们不知道的理由，九爷爷要维护他，可杨卫民也太不像小偷了，他不停地出现在永达伯家，神情亢奋，犹如挑衅。杨卫民像一个谜语，谁也解不开。他又像西藏的秃鹫，只守着九爷爷的尸体盘旋。

出殡那天，我早早起床，跟父亲一起到永达伯家。乡下的六姑姥娘今天哭得格外凶，抱着尸体几乎哭晕过去，四个人才把她扯开。遗体推入灵车，六姑姥娘一骨碌爬起来开始训人："刚才孝子贤孙得大声哭着说：这是离开家，要去坟地了。得大声哭，边哭边说，他才明白！现在的人，真是越来越不知事了。"

一共停了四辆面包车。灵车打头。我坐最后，一辆窗户合不拢的破烂不堪的白长安，车里就我和两个乡下小孩。外面催着走，又一遍遍回到屋里找东西，知客喊得嗓子都哑掉，这一片混乱中，突然一阵死寂，接着一阵乱砰砰的摔门声。随后，车门打开，吹进一股寒气，车一沉，一个人默默地坐上来。

其实前面还有位。但每一个坐在门口的男人，看到他都摔上车门。他就这么闯入我们这辆只有女人和小孩的车上。黑西装里套灰色鸡心领毛衣，黑西裤，黑皮鞋，全都合身。据我看，那不像上次他穿的几十块钱的货色。“你不是要去郑州吗？”其实我也好奇，他这身到底是买来送葬，还是娶亲？

“我去过了。这身衣服就在郑州买的。”他拘谨地扯一把后腰衣襟，担心窝屁股底下坐皱了，又虔诚道：“一共一千七百块，加皮带皮鞋。我从小到大穿的衣服，加起来也没有这么贵。”难得有人愿意跟他说话，他来了兴致，拿手指搓搓布料：“你看，这毛呢料子有多好。”几乎要探过来给我也搓一搓。车队开动，唢呐声椎心泣血地哭诉起来。

“你看过老头遗体没有？”他保持探过来的姿势，好像在说毛呢料子一样地问我。

“看过。”

“不是说脸。你看过身上没有？”

要过桥了，灵车上白茫茫的纸钱腾空而起。“我看过的。他身上全是青一块紫一块。你知道那是什么？”为了吸引我注意力，他喉咙大了些：“不是小偷打的！小偷还没来的头一天晚上他身上就有了。你知道那是啥？”

我凝视他。他想跟人倾诉的欲望，像开水“噗噗噗”地顶得锅盖咣啷响。

“那是小鬼打的。”他凑得更近，压低了声音说，“他还没死，就已经下了地狱。现在，他就在那儿呢。”他指指脚底下。

脚底下是廉价的化纤仿毛脚垫，随着颠簸震荡出几十年的灰尘颗粒，往下是面包车薄薄的钢板，再底下是吾乡黑黄相间的胶泥，九爷爷将要被葬入其中。再再下面是什么，肉眼不可见了。

上一次看见地狱是在半年前。协商好离婚后前夫一夜未归，我却还有几句话要说，类似“祝你幸福”“我会好好的”的屁话。到半夜变成“你不得好死”的诅咒。但他也没回来，所以并没有机会说。天亮时疲惫到连诅咒也放弃。刚睡着电话响起，半梦半醒中我冲下楼开门。是送快递的。发动车，开出小区，看到前夫的车迎面驶来。撞上去的一瞬我看见他的眼。

我疯了。他们说。我希望如此，一个他造成的地狱，这是我能想到的对他最有力的指控。

我感兴趣地盯着对面的男子，判断他的真假。我对爷爷的恐惧尤感兴趣，除了将死之人的害怕，那里仿佛还有点别的，一些荒诞不经但却真实的东西。

“你怎么知道？”我下巴点点脚下。

他隐隐有些喜形于色，我大概是第一个认真对待他的人，“我跟他睡一个屋，半夜他哼哼，开灯，指着自己身上的淤青，跟我说这是小鬼打的，睡着了就被他们打。他一直坐到天明。我问他，小鬼啥样？他说，好多小鬼拿着棍棒打打杀杀。有时候，他明明看见前头是俩儿子，还不会走路躺在包袱卷里哭，心急火燎地跑过去，却是一个小鬼拿着狼牙棒打得他皮开肉绽。儿子的哭声又在身后响起。有时他俩一人一头，各自一方哇哇大哭，他像是喝醉酒一样如痴如醉，不知先救谁才好，整个人像被撕成两半。想不到，你爷爷还挺疼自己孩子哩。”他惊异地看看我，陷入沉默。我相信他说的是真的，一个没有孩子的人编不出来这种故事，这只能是九爷爷的梦。如果叮当叫我，我也会跑过去无论前面刀山火海。这是不可理喻的本能。

我看到漆黑中拉亮的灯泡，一个老人坐起来，卷起一层层袖子，布满斑点的胳膊上，有些淤青。他有些慌，褪掉秋裤，松松垮垮的皮肤上也布满青紫。地狱提前来临。他不敢再睡着，一直坐在床头（就像那天晚上我一直坐着等待），心绪如沸，旁边阴沉的护理工灯下宛如判官。老人忽一迭声喊了起来“娘啊，娘啊”，苍老的声音里有小孩跟母亲失散的愤怒和恐怖。就像故乡是最没有办法时的办法，母亲是最恐怖时的归宿。

九爷爷有俩儿子。老大前几年跟九爷爷要存折给儿子办婚事——老二胡永达家只有一个闺女，所以，永腾伯觉得，家产当然都是孙子的。九爷爷没给。永腾伯把自己床头的叫人电铃拆掉，摔到爷爷屋里。老二永达伯，跟九爷爷也是早晚吵架。爷爷年轻时脾气暴，永达伯左边耳朵不太好使，就是小时候被一巴掌扇的。去年春节喝醉酒，永达伯抄菜刀剁爷爷的屋门。

可惜九爷爷没把他的梦告诉永达伯。只有这个面色阴沉、来意不善的杨卫民听到了这个充满父爱的梦。

娘啊，娘啊，娘啊娘啊娘啊娘啊娘啊。

“你知道我为啥跟你说这些。你爷爷说完那段话，我本来……我突然哭哩不行。”对面这个人说到这儿，眼睛发红，“那天晚上，我梦见俺爹。我从来没见过他，只有一张黑白相片。四方脸，左腮边有一个指甲盖形状的胎记。兴头头的一小伙。那天夜里，我梦见我咋走到观音庙，俺爹躺在竹床上，盖一床深蓝色的被子。我心想，呀，咋还停着，该埋了。他突然立起来，肿得像巨人，中山装撑得要裂开，眼睛被挤得眯缝着，像在笑。他朝我扑过来。我喊：是我！大！他还是扑，我就抄起根钢铲，把他切得一块一块掉下来。最后他还是扑上来抱了我一下。醒了以后，被他抱过的地方热乎乎嘞。”

他抬起胳膊，在崭新的毛呢料的袖子上蹭了蹭泪。

“他死那年才 30 岁。我照照镜子，我都比他老了。我要还不娶媳妇，他肯定会怪我不给他生孙子，让他绝后。”他又不吭声了，脸上两排牙槽骨微微凸出。

“你去郑州，找到媳妇了吗？”

他阴沉着脸，不说话。

一路沉默。余光瞥见他两只平摊在膝盖上的大手，一直抖，青筋乱蹦。手也会说话，这两只骨节粗大、多处皴裂破口的大手，像一个盖子，死死压着底下的火山。

到火葬场，我们家的人站在一起，而且，因为有他，更紧地站成一团。他在旁边，像一只不祥的乌鸦。今冬还没下过雪，天色昏沉沉，下午三点已经暗似黄昏。

默哀后，我们退到外面，只有永达伯几个直系亲属跟进火化间。姑父们互相递烟，聊着各自的高血压和腰疼。火葬场在南山底下。山上多坟，这里是宝城人的最后归宿，但遥遥望去并不阴森，半山腰上，几株梅花开得烂漫。

我想起去年初三给九爷爷拜年，永达伯把他抱到轮椅里，推到院里晒太阳。他东张西望，新鲜得很，好像第一次看到太阳。他看看院里干枯的花草（自从他卧床后，满院的花就没人浇水，慢慢枯萎），指指最大的那盆:那是我在南山买的。我爷爷的坟埋在南山，以后我也得埋在南山。你去过南山没有？九爷爷在床上躺了十年，最后几年他变得糊涂，大小便失禁，又怕死，深夜频频按叫人电铃，就想有人能陪他说说话，借助人身上的阳气驱赶近在咫尺的死亡。宝城冬天没有暖气，室内冷如冰窖，从被窝里爬起来绝非易事。永达伯为此感冒后，没人再搭理九爷爷的深夜电铃，它就一直尖利地响着，响彻整个夜晚，整个宝城都在倾听这漫长的刺耳的死亡。我也想从他身边逃跑，躲开他屋里浑浊的光线，难闻的气味，“半截身子入土”，何其形象，它说的是一个人在活着之时，有半截身体已经跨入地府，彻夜的电铃是被拖走时的嚎叫。如今我能肯定，在九爷爷身上我闻到的正是死的味道。只有永达伯不害怕，感冒好之后，他又在夜里披衣起床冲到九爷爷房间。他安慰了整个宝城。

但在去年初三那天，九爷爷神智清楚，眼神明亮地说他小时候会下很大的雪，“埋住膝盖”，上南山时他骑在爷爷肩上，远远地看见林子里飞出一只老鹰，半山腰上，一片枯黑树杈中，最先开的是梅花，“开得红丢丢，像一个红衣裳的小闺女站在山上”。

去年，前夫和我的最后一站是河堤。我说这是我和晓冰的地盘，你要来看看。停车在文庙，我们走过去，雪深过踝。雪后大地线条简洁优美，土丘隆起黑线，平原盛大洁白，全部的色彩简化为黑白两色，人间变得朴素清寂。那时我们的感情大概已到尽头，越深厚的感情死掉时越痛苦，就像块头大的动物死起来更吓人，我们听到彼此的身体里有活物被拖走时的嚎叫，却不明白是什么被拖走，什么在死去。半截身子入土的人，一只眼睛看到地狱，一只眼睛看到人间。他们分不清界限，不知道自己是在活着还是死去，不清楚身边的人是爱人还是厉鬼。在灭顶之灾中我们骤然发现彼此的可怜，人的可怜，试图安慰彼此，却只带来伤害，因为地狱中时时刮着大风及雷电轰鸣，我们的灵魂在其中站不住脚，极不稳定，片刻的怜悯与勃然大怒，我们互为狱卒执三叉戟将对方叉入火炉。

火化间突然一阵骚动。我反应过来之前，姑父和父亲已经冲过去，一阵暴烈呼喝，皮鞋踹到肉体上的钝声。最终两个姑父拽住他俩胳膊，把他像死狗一样扔到路边沟渠。我们跟着捧骨灰盒的永达伯上山。

九爷爷的坟地买在半山腰，走了好久才到。我忽然发现，刚刚在山脚下看到的那片梅花就在旁边。花瓣被风吹落，像一个红衣裳的小姑娘轻盈盈伸过来的一根手指头，轻盈盈地在春风里点着头，一点两点，烂漫地落在九爷爷的坟头。

回去路上，我和父亲坐一辆车。“口他姐抱着骨灰盒就跑。哪能让他抢走呢。”到家，父亲用肥皂打手，洗了三遍。又让我闻：是不是还有味？他说，卫民身上一股臭味，比尸体还臭。的确，我到处闻到臭味，挥之不去。乡下的六姑姥娘说，他阴气太重，明显是被小鬼附体，疯了。

我又去观音庙，今天是一个和尚坐着敲磬。磕完头出来，坐门口抽烟。来来往往的人都跟我打招呼，这个小城，每个人都互相认识。年轻时我不想被人际网网住，我想大摇大摆走在街上，不是作为谁的女儿谁的外甥女，而是一个大写的个体走在街上，抽烟喝酒干坏事，过无拘无束的生活。其实在北京我也只是过着普通人的生活，一定要离开故乡，大概也是执念。凑热闹跟朋友去五台山，说法的和尚听完我的经历，沉吟后说我执太重。那应该怎样？总是说这也要放下那也要放下，如果为了惧怕无常就逃避去爱，逃避建立深厚真实的人间关系，这样的人生跟死去又有何异？

但是，为了不坠入仇恨我决定原谅。其实前夫对我不错。我即使留下叮当可能也养不好，我没有北京户口，以后上学都是问题。况且他们说我疯了。跟着他呢可以到美国接受更好的教育。他也毕竟留下一笔非常宽厚的费用，我说不要，但从结婚后就没有再工作的我至今仍以这笔款项度日。我害怕再出去找工作。到处是年轻新鲜的生命，而我的生命（土埋住半截的）已衰老腐烂。同时，我也无法再写作了。他慷慨地击碎了我的骄傲。

由一个弱者原谅一个无所不能的强者，是不是有些可笑呢？所以我的原谅最后总是走向地狱。

4

第二天我去了卫民家。

没等他开口，我直截了当地说："那是九爷爷的佛像。"

推开他，走到厕所前，是白色观音像，半米多高，线条拙朴。观音是汉地最常见的菩萨，大悲心肠，拯救众生如老父亲盼望身陷牢狱的子女尽快解脱，"若有持是观世音菩萨名者，设入大火，火不能烧，由是菩萨威神力故"。不仅救度人间，且于死后接引众生往极乐净土安住。凭一句"南无观世音菩萨"就能顿脱生死，成为普通人方便易行的修行之道。

"九爷爷的这尊佛像，是2006年春节，他被下病危通知单又苏醒后，托人从景德镇定制的"，宝城人信鬼神，但纯然地信佛，稀有。九爷爷的这种近乎信仰的举动，为他招来许多嘲笑。

我转身看着杨卫民，断尾狗的目光，饥饿、痴呆地盯着人的手。"我爷爷曾经是群众专政队的，带头打了你父亲，他上吊自杀，后来你母亲终日啼哭，哭瞎双眼，早早去世。因为家贫，你没上过学。不识字，打不了工，右脚残废，种不了地。四十岁还没娶上老婆。你恨我九爷爷。专门混进他家，找机会报仇。”我把庙里女人说的、胖大爷说的、我妈告诉我的，拼成一个故事。我毫无证据。

卫民笑了起来，“那恁爷为什么说不是我？”

“赎罪。首饰是爷爷送给你的。让你娶媳妇。让你父亲有后。”

“他想得美。他必须下地狱。谁也帮不了他。我这一辈子都被他毁了，到现在他想赎罪，那是不可能的。”他笑得额角的青筋都跳了起来，“临死了他想当好人。那我这一辈子找谁算账？谁负责？”

“没错。你拿走他的佛像，唯恐菩萨显灵。你不接受他的赎罪，生怕他因为这一点善念，不入地狱。要不是你拼命显露破绽，我也想不到你是凶手，”我问了最想问的一个问题，“值不值？人都死了，就为了不知道有没有的地狱，把自己送到监狱？你的命就这么不值钱？”

卫民看着我，好像不知道我在说什么。

“我报警了。”我说。

“谢谢。”像走了很远的路，终于在终点卸掉重担。他就地坐下，靠在厕所的乱砖墙上，挨着那尊泥垢斑斑的菩萨像，几乎立刻，鼾声大作。我独自站在他的院子里，天空是诡异的深红色，散发着硫黄的烧煳味儿。北风肃肃，满院的白色塑料袋打着旋，厉鬼般相互追逐。这个臭气喷涌的院子就是地狱，任何美好都是对它的否定和嘲笑。最大的恶也许不是死亡，而是用毒汁饲养并塑造一个人的人生。恨压过活下去的本能，压倒生命本身的伟大希望，因为他无法想象没有仇恨的生活，即使九爷爷已被他勒死。

某种意义上，我也敬畏杨卫民的坚定。他没有拿着爷爷赎罪的钱去结婚生子，而是固执地赔上自己的生命去促使爷爷入地狱，他做出一个决定并且为之付出代价，这让他的生命达到一种高度。他的人生没有困惑。以牙还牙，以血还血，杀父之仇不共戴天，我羡慕这种不困惑。

警察进门时，全村人都拥到门口，小院从来没有这么热闹过。被推进警车前卫民把身子拧成S型，回过头看了一眼那尊观音大士像，脸上浮出一个笑容。我走过去，解下围巾将瓷像裹紧拿在手中。回身走向警车时，所有人都面露恐怖之色。我差点忘了自己的可怕。回警察局的路上，开车的老警察不住斜眼瞅我，最后忍不住问："烧的？""嗯。车祸。"前夫并无大碍，现在他要结婚了，而我在等待我的第二次整形手术。的确，如我所愿，我留在了地狱。忍不住摸了摸隆起的疤痕，我总怀疑那里还在渗出脓液，包围我的臭味也许即来源于此。

回家要穿过市集，今天是大年三十儿，下午还有最后一集。卖葫芦丝的、卖小鸡的、卖山东杠子馍本地软馒头的、卖油馍尖锅盔菜馍粽糕炒凉粉的，从地里拉来的铁棍山药、带土的菠菜、红薯、大白菜小白菜小油菜圆白菜空心菜、拉着长长的架子车吆喝着“蜜枣干枣花生核桃瓜子葡萄干冰糖薄荷糖”穿过人群的，卖琉璃叶灯的小贩“叶灯叶灯”地吹着焦糖色的琉璃灯吸引孩子的目光，小贩们脸上都有一丝焦急，尤其卖叶子菜的，今天卖不掉，等到初五再有集就烂完了。卖完的则一派轻松惬意地走在人群里，跟所有人撞着肩膀，享受着即将到来的大年夜的平静。这时候还在买东西的，则是终于做完了家务还有些时间出来闲逛的家庭妇女。所有的人，似乎都卸下了重担，兴高采烈。我茫然跟着人群走，不知走了多久，最后发现停在一个渡口，这是我小学和晓冰常来玩的地方，想不到现在还在。身边一群附近庄里的妇女，相互看着对方买的东西，又捏又摸，讨论着便宜还是贵了。

渡船来了。我坐在几个村里女人当中，有个女人解开红色羽绒服，掏出一只小鸡，“买给闺女玩的。”“冬天也有孵小鸡的呀？”“可不，现在一年四季都有，这卖家精得很。”小鸡在她掌心，像个黄色的乒乓球一样团着，轻声唧叫。我忽然想起我幼年时养过的猫。准确地说，是我叔叔家的小奶猫。上学前放学后，我嚼烂自己的馒头喂它。渐渐地小猫跟我熟悉起来，总是凌晨挠我的门，叫唤我开门抱它到床上。有时它发瘾症想妈妈，会骤然抓破我的胳膊。我不以为意，仍然视它如珍宝。母亲是懂得世故的，说了我几次我并不听。婶婶的脸色就难看起来，时常无缘无故地打那只猫，并给它戴上一个铜项圈，有它的头颅那么大，连过门槛都要艰难挣扎。我一看就哭了。为了它不挨打，我必须不喂它，不理它。这时我们搬到了新楼，我从平房住到二楼。第一天夜里，猫在我从前的门口叫了半夜。我心如油煎，又觉得也许这对它是好事。后来，天快亮的时候，我被一阵"轰隆隆"的巨响惊醒，是铜圈摩擦水泥台阶的刺耳声音，小奶猫拖着铜圈，爬上比它身子还要高的台阶来找我。

上一次跟人说猫的故事时，是在冈仁波齐的转山途中。那是早上八点，出发时总是一群人结伴，但大家脚程快慢不一，在几小时后慢慢星散，我和一位藏族阿妈搭伴走，她丈夫是进藏的十八军，所以她汉语很好，还会念观音菩萨赞："瓶中甘露时常洒 / 手内杨柳不计秋 / 千处祈求千处现 / 苦海常作渡舟。"听她念诵，我记起有一年我在青城前山，夜宿道观，听到道人念过类似的词："盂中甘露时常洒 / 手内杨柳不记秋 / 千处请师千处降 / 爱河常作渡人舟。"一说苦海，一说爱河，佛教苦涩，而道教终是人世间的苦海与眷恋。

人群远去之后，自然浮现，我们走在大山大川中，像吃草的牦牛，茫然而平静，平静而快乐。天空特别特别低，好像一直往前走能直直走到云彩上。云朵如冰河，相互撞击湍流不息。休息的时候遇到陈倬，我们传食巧克力和士力架，藏族阿妈也掏出塑料袋中的食物与我们分食，那是她沿路乞讨的各种食物的杂烩，我犹豫一下，抓一把吃下，这仿佛是后面一系列好运气的开始。那年我28岁，一个人住的第五年。后来我知道陈倬是特意等着我。

讲完猫的故事我如释重负，感觉像被清洁。接下来，我们发现2001年7月我和陈倬都曾来此转山，很可能，我俩早已见过，曾在这条路上擦肩而过。那一刻的宿命感惊悚中带着甜蜜。河边的路是碎石子路，石头呈灰蓝色，下过冰雹后闪闪发光。而冈仁波齐被太阳照耀，呈现一种殊胜的金色，一座日光坛城。那是一种绝对的美。

渡船一震，到岸了。女人们四下散去，我看着河水茫然站立，不知何时泪流满面，但我知道无数人曾这样哭过，还有无数人将如此痛哭，人类流过的眼泪足以汇成大海。脸上有清凉感，仿佛自顶至踵被冷水清洁，后来我发现是下雪了。

冻结了一冬天的雪花纷飞而至，昏暗的磨砂质的天空，像被人擦拭，一点点地明亮起来。藏传佛教法会上几千人一同抛撒青稞，而下雪也仿佛是空中法会终场时向人间抛撒花朵，雪花不加分别地落在高耸的树木上与肮脏的泥沼中。我闻到雪的气味，那是擦拭万物的气息，澄澈宁静，就像颜色中的白，夏夜里的冰。

2013 年 5 月 17 日，北京

2015 年 7 月 7 日，北京

在阳光下抖掉我的枝叶和花朵

和许多有志文学的青年一样，我在北京的工作一直是媒体。听到过八百万种拖稿的理由，写过大量用心或走神的工作文章，被出刊周期折磨时总会想：如果可以不工作，全职写作那是什么感觉。我在2007年做过实验，但真正实现是2010年。

第一次到绍兴玩，住在沈园旁边的一家旅社，旧旧的房子，靠窗放一张书桌，一把藤椅，气场沉静，看到的第一眼就想：是个写作的好所在。因为这一念，2010年我搬到绍兴。

过了梅雨季节就是夏天。南方的夏天，水泼在青石路上会冒烟，最大的享受是买两瓶冰镇啤酒，喝下去的一瞬间，感觉食道也在刺啦刺啦冒烟，继而是通体舒泰。那种感觉，不是热疯的人享受不到。这是我辞去工作的第一年，再没有截稿期没有拖稿的作者没有编辑部嗞嗞啦啦的传真机的尖嘶，我有花不完的时间。上一次辞职是因为要写长篇，像孕妇休假保胎，而2010年我不知道要写什么。《北京小兽》已经写完，一个长篇会像一次过度的丰收，削弱地力、掏干蓄水。我已经一两年写不出东西，在接下来的两年也将持续干旱。我能做的只是每天傍晚，踩着着火的青石板路，去桥头小店买两瓶冰镇啤酒。

我三十多岁了，如果按照六十岁寿命，人生已经过半，应该是站在山巅，感受山顶清风吹拂之时，却感觉一直在灌木丛中披荆斩棘，茫无头绪地前行。对于一个写作者，有了梦寐以求的自由，却“写不出来”，这是莫大的耻辱。它等于说，你根本没有才华，不适合干这行。“写不出来”，是所有写作者的恐惧，如今在这个恐惧和我之间，不再有工作作为借口。人是很虚弱的动物，有时候必须有一个意义作为生存支点，找不到，就痛苦。被终极恐惧碾压，我甚至打算起了退路：也许我该结婚？作为别人的女朋友或妻子，不是女人很容易进入的一个职业吗？

我试着写短篇小说，写出来的东西可怕之极。第二年搬到蕺山下，“书圣故里”小巷里一栋二层小木楼。楼上朝北的房间是房东女儿的，靠窗放一张书桌，一把椅子，一个小小的书架。那时我已熟悉绍兴的名人故居，不论名气大小，他们的书房都是如此朴素、宁静。春夏之时，看书倦了，窗外是无尽的雨，打在黑色的瓦上溅起白色圆点。

这是异乡。人们的口音难以辨认，跟着唱歌一样的叫卖声跑一路，到底还是不知道自行车后面竹篮里卖的是什么。这也像故乡，走在巷子里，对面自行车上摇晃而来的中年男子，分明长了一张鲁迅的脸，车后夹着一把葱或一捆菠菜。初中时无书可读，鲁迅的书被再三咀嚼，走在他写过的文学地图中，总像他仍栩栩如生地活着，走出门就能撞到。

冬天来了。南方的冬天，血液冻成冰碴，相互撞击。关上小卧室的门，五六平方米的小屋犹如洞穴，洞穴一般安静，洞穴一般孤独。我在这小小的洞穴写出了《硬蛹》和《少女哪吒》，一片沉寂中下雪的声音变得清晰，雪转为冻雨，铮铮敲着屋瓦。我发现，我写的全是宝城。

宝城是一个虚构的地方，它的蓝本是我的故乡，一个指甲盖那么大的县城。华德福教育创始人斯泰纳说，人在少年时因为尊敬和相信而接受过的教育，在他三十多岁之后，其他的领域成熟会带来这一部分记忆的苏醒，那时的感受，就是生活的力量。我的少年，并未遇到过可尊敬相信的权威，老师要么在办公室打麻将，对学生不管不顾；要么粗暴专制，那种粗暴在少年稚嫩的灵魂上留下永远的烙印。三十多岁时，回顾这些平庸与匮乏，人在多大程度上能超越自己的童年？即使我写出了一个儿童眼中的社会主义学校和家庭，对平庸匮乏的反抗也不过是匮乏平庸。

一点一滴，少年时另一些东西逐渐浮起：河堤，果园，春天时的梨花和苹果树，少年时的玩伴。我们曾经发誓永不分离，永不忘记。

永不忘记。在铮铮的冻雨声中，怀着写遗书的心情，我写下这些真假参半的故事，为尚在荆棘中穿行的人生后半程寻找续航的力量。刚开始的写作是可怕的，像从洞穴里爬出来的动物。写完《硬蛹》，我梦到那个自杀的同学，这么多年过去，她仍然被困在我们的中学，铁链缠身，身后是去往烈火地狱的洞口。她想告诉我什么？我写出了她的故事，她会感谢我还是痛恨我？

后来看到唐诺提到小说家的“幸福题材”：每个作者都有一次配额，可不问意义抛开世界回头写一次自己的幸福题材，一次贴近生命现场，距离我们的感受只有一步之遥的故事。我才知道，尽管有沉甸甸的痛苦，这些故事却都是我的“幸福题材”，今生或许只能书写一次，我的源头。

旱灾持续了四年，有一些短篇被写出来，又被我判处死刑搁置。我模糊觉得，那不是技巧的问题，似乎有什么东西我还看不清楚。山巅的清风仍未吹上胸膛，我还在荆棘丛中。

现在是2015年，我住在北京，离绍兴或宝城都很遥远。北京是一个无色无味的城市，不像绍兴，到了秋天，满城都是桂花和香樟树的气息。我住的四环外，没有历史，没有老居民，一切都是新的，崭新的破破烂烂。心神渐渐向内收敛，仿佛关闭了耳鼻口，生活简化到极致，我试过一星期不出门。

我拥有全部的自己，自己全部的时间。据说，“一人生活处，智慧增长时”，但我也体会到独居生活的重力，虚无的重力。它像一个黑洞。我和虚无辩论，和手机依赖症搏斗。环顾身边，全职写作的朋友，有好几个得了抑郁症。

我感受到生活的恶意。但谁又承诺过生活就该是幸福的呢？佛教书籍谈到六道轮回中最幸福的“天人”，拥有神通、长寿、美貌，身不出汗衣不沾垢，披花环饮甘露到处游玩。天界的极大欢乐，使天人耗去众多福德，却无法像人类一样修行，福德耗尽即坠入恶趣。最幸福的天人反而不如人类。因为天人极少痛苦，便无法因他人之苦生起悲心。

宝城也好我这一世的人生也好，都是不那么完美的存在，正因为残酷和无常，我学会体察别人的隐痛，比如我的父母。重新回顾宝城，从三十多岁的成年人，倒着一步步走回少年，来来回回，感受到人间的苦海与眷恋。回头捡拾前几年的这几个短篇，烧火，炼字，趁着高温把文字补上去，它们因此有着不同时期的不同纹理，那是我珍视的岁月的痕迹。它们曾是黑暗的产物，反过来却又照亮我的生活。我又想到那个自杀的女生，写作即看见，活人的凝视将她从受困的自杀地狱中解脱，那个梦是否也可如此解？这至少是对我的解脱。她留给世界的不再是一个神经质的自杀者的形象，而是一个练习轻功，触及生命之辽阔的诗意的青春。文学否定了平庸及匮乏对人的物化，青春转瞬即逝，青春永恒不朽。

从 2003 年第一个短篇小说《我们的主题曲》算起，到如今已经十二年，勉强可以算度过写作的学徒期，成为一名独立的手艺人。如今，写作对我意味着更多，它督促我放下手机，六号线换十号线到图书馆日日静坐，养成上班一样的纪律与习惯。我学会不依赖灵感，依靠每日的惯性、写作的纪律去写，这很重要，稳定的工作状态带来习惯，习惯成为定力；它督促我放下电脑，放下小说，返身回到生活，去体会生活能给予的震荡不安与清明不惑。道场不在电脑里，而在生活中。

"虽然枝条很多，根却只有一条；
穿过我青春所有说谎的日子。
我在阳光下抖掉我的枝叶和花朵；
现在我可以枯萎而进入真理。" *

* 叶芝，《随时间而来的真理》，沈睿译

图书在版编目(CIP)数据

少女哪吒 / 绿妖著 .
— 桂林：广西师范大学出版社，2015.8
ISBN 978-7-5495-7026-3

Ⅰ. ①少… Ⅱ. ①绿… Ⅲ. ①短篇小说－小说集－中国－当代
Ⅳ. ① I247.7

中国版本图书馆 CIP 数据核字 (2015) 第 159789 号

广西师范大学出版社出版发行
桂林市中华路22号　邮政编码：541001
网址：www.bbtpress.com

出 版 人：何林夏
出 品 人：刘瑞琳
责任编辑：杨晓燕　张诗扬
封面绘画：张　雯
封面设计：熊琼工作室
内文制作：韩　凝　马志方

全国新华书店经销
发行热线：010-64284815
山东鸿君杰文化发展有限公司

开本：787mm × 1092mm　1/32
印张：6.75　字数：91千字
2015年8月第1版　2015年8月第1次印刷
定价：35.00元